坂本満津夫

随時随感

――勝手気儘な ひとりごと

鳥影社

まえがき

今年も暑い夏であった。

春夏秋冬——夏は暑いに決っているが、「御年八十六歳」にもなると、ひときわ、身に応えるのである。

二十五歳から六十五歳までの、ざっと四十年間は、地方誌にいて、記者・編集長・常務・社長とつとめてきたが、超多忙な毎日であったから、暑さ寒さなどが、身に応えるヒマがない。

遊びにも一生懸命《けんめい》で、無趣味な私は、遊びと言えば夜遊び。夜遊びと言えば女——女には大分入れ揚げてきた。昼間儲けて夜使う——が、私の信条みたいになってしまった。

と、言っても財閥のゴレイソクでもない私のやることなどは、たかが知れている。

キャバレー、バー、クラブの女たちにボケて入れ揚げたくらいだから、たかが知れているのだが、それでも、私にとっては大変なものである。

同居人を、如何にごまかすか。チエのカギリをつくしてゴマカスのであるが、テキもさる者、すぐばれてしまう。大ゲンカ、しかし同居人を替えたことは無い。六十年、今も隣りで高いびきで寝ている。

――こんな愚《ぐ》にもつかないことを、長々と書いて、何んになるのか？　と自戒するが、しかし、ここに書いた「随時随感」は全部そんなものである。

高級？　な論文などは、ひとつも無い。いずれもが、「随時随感」で、その時、思ったことを、思うままに書いたのである。

ここまで書いたら、ゆうメールが来て、東京北新宿に住う堀江朋子氏の『新宿センチメンタル・ジャーニー　私の新宿物語』が届いた。三三五頁もの厚い本で、オビには「この一冊で、新宿の歴史が解る」とあった。

青年時代の遊び場であった「新宿」についてじっくりと勉強しようか。

とにかく、暑い夏である。

随時随感

——勝手気儘なひとりごと

目次

随時随感　三〇章　(一)

随時随感　三〇章　(二)

随時随感 三〇章 ㈢

随時随感　三〇章　(四)

悠々漫筆

随時随感　三〇章　㈠

①　半藤一利　豆本年賀状の頃

今、半藤さんは、大スターである。往年の大宅壮一並みである。あの「軽るさ」がいいのか。テレビ。新聞週刊誌と——カラスの鳴かない日はあっても「半藤一利」の名を見ない日はない。

名刺綴りの「下重暁子」のトナリには「株式会社・文藝春秋・取締役編集委員長・半藤一利」の名刺があって、上部に「六十三年三月十七日高見順賞にて」と私の書き込みがある。後《うしろ》にはローマ字で同じことが書いてあった。

昭和六十三年とは、今から二十七年も前である。その頃、赤坂プリンスホテルで高見順賞の授賞式と披露宴があった。そこで、高見秋子夫人に紹介されたものであろう。

私が、毎年必ず高見順賞の授賞式に出席していたのは、そこで、様々な「有名人」と出会えたからでもあった。

ローカル文士というか、文学老年の私は、高見秋子夫人のお伴で、文壇人が出席する会合に連れて行ってもらうのが、楽しみであった。そうした心底を察知していた秋子夫人は、私と青山毅クンをお伴に、いろんな所へ連れて行ってくれた。

そして主要人物に紹介してくれたのである。

半藤さんも、その一人であった筈。

その後、半藤さんが「荒磯忌」にゲスト出席した時、私は、三国町立図書館で「講演会」を企画した。その頃の半沢町長に頼んで「講演料」をせしめたのである。

半藤さんは、末利子夫人を同伴で来福したので、私は、芦原温泉の「開花亭」をとった。前夜、親友の広部英一を誘って「開花亭」で雑談をしたことも想起した。

私は仕事柄、パトロン探しが上手だったので、これらの経費は全部三国町長の半沢さんに出してもらった。つまり町の招待者に仕立てたのである。

その後『聖断——天皇と鈴木貫太郎——』『幕末史』『15歳の東京大空襲』などなど発刊されるたびに届いた。

スター文士になる前には「豆本年賀状」とか言って『世界はまわり舞台』『櫓太鼓や隅田川』『隅田川の上で』など七点も来た。

文士へのウォーミングアップをしていたのかも知れない。

スター文士に話を戻すと、今日の朝日新聞（十五年九月二十七日付）の新刊発売広告『賊軍の昭和史』『第二次世界大戦』の二つに「半藤一利」の名前がのっている。

名刺交換をした昭和六十三年頃は、文春の一社員に過ぎなかったが、その後、アレヨアレヨと言う間もなくスター文士に成長したのである。

書きもらすところだったが、半藤さんは「東大文学部卒」。文藝春秋入社の時には、高見順が保証人になっている。スター文士は、スター文士を呼ぶものなのだろうか。

②　下重暁子『老いの戒め』

スーパー内の書店で、下重暁子の『老いの戒め』を買ってきた。

奥付を見ると、

　二〇一三年六月二十七日第一刷
　二〇一五年九月十六日第十五刷発行

とあって、ベストセラーの作品だと知った。

家に帰って「名刺綴り」を繰ったら「下重暁子」という名刺があった。上の余白に「十四年三月十六日赤坂にて」と書いてある。後《うしろ》に、事務所の住所と電話番号が書いてあった。

平成十四年とは十三年も前である。肩書きがないのは、すでにNHKをやめていたからか。私は、下重暁子が好き。NHKのスターアナウンサーの頃から、彼女には関心を持っていた。奥付頁の著者略歴に、「宇都宮生れ」とあったのを見て、グッと好きになった。職業軍人の父が「宇都宮師団」に在勤中に生れたとかで、「私の来た道を辿る」によると、「生まれたのは宇都宮だが、私が母の胎内に宿ったのは、旅順である。軍人の父の赴任地旅順と母の生地新潟県の高田との間を結ぶ百通を越す手紙のやりとりの末、母は旅順に渡り、父と結ばれ、私が宿った」とある。

父母の結びつきなどは、どうでもいい。とにかく、私は、下重暁子が好きなのである。テレビで見た一瞬から好きになってしまったのである。

ところで『老いの戒め』であるが、はじめに――自分を戒めて年とともに器量よしに――を読んで私は、大宅壮一が、昔々のその昔「二十代《はたち》の顔は親が作った顔だが、五十過ぎの男の顔は自分が作った顔である」と、のたまったのを、想起した。

女も、年とともに器量よしになるものなのか。五十過ぎの人間には、姿形《すがたかたち》それ自体に、人生の重みというか、厚みがでてくるもので、それらのことを言ったのであろう。

政財界人は、いかにもそれらしく、学者。芸術家――も同じである。

いくら下重さんが好きと言っても、これで三度目である。三十四回目に「下重暁子と黒田夏子」を書き、三十五回目には「家族という病」について書いている。そして今度は『老いの戒め』である。「年齢を言い訳にしない」「器量の大きさとは、受けて立つ度量のこと」「自分の生き方に責任を持つこと」「おしゃれとは、最低限の礼儀」「他人への期待は不満として帰ってくる」「この世に生を受けた時も死ぬ時も一人」などの中見出しを読んでいくと、「なんだ俺と同じ。そっくりじゃないか」と思えてくるが、そこがクセモノなのである。

共感者が多ければ多いほど、ベストセラーになる訳で、解りのいい、平易《へいい》な文章にも仕掛けがある。それに、大き目な活字で字数が少ない。これも年寄り向きで、この読者は、私如き老人たちであろう。

いずれにしても、表紙の姿写真も含めて、手に取りやすい本に仕上っている。

③　高見順　昭和十年はスター誕生の年

葉はやはらかく
枝はかたい
かたい枝が

やはらかい葉を
つくる　　　　　　　高見順

この絵皿は高見秋子夫人から頂いたもので、その他に色紙が二枚ある。いずれも秋子夫人がくれたもので、「掌平《てのひら》に、小虫を乗せる、その急ぎ足を悲しむ、人生に似ている」というものと、もう一枚は、

葡萄に種子があるやうに
私の胸に悲しみがある
青い葡萄が
酒になるやうに
私の胸の悲しみよ
喜びになれ　　　　　　高見順

というもので、詩集『樹木派』にのっている作品である。

小説家・高見順は、絵と詩が上手で岩波書店の会長だった小林勇は、「高見さんの絵は素

人はだし」――と「芸術新潮」の「冬青庵楽事」で感心している。

詩については詩人の上林猷夫が『詩人・高見順』と題する本を書いてる。三〇〇頁にも及ぶ大冊で、一九九一年九月講談社から出版されている。

私は、五冊もの高見順論を出版しているので、ここでは、どこに焦点を当てるか、迷ってしまうが、最近（平成二十七年五月二十三日）三国町図書館で喋ってきた「二つの私生児」について書いておく。

③　高見順　昭和十年はスター誕生の年

高見順には「私生児」と題する短編小説が二つある。一つは昭和五年「文芸月刊」の二月号に発表した「私生児」。もう一つは「中央公論」の、昭和十年十二月号に発表した「私生児」である。「中央公論」の「私生児」は、同人雑誌「日暦」に連載していた『故旧忘れ得べき』が第一回の芥川賞候補になり、文壇に躍り出た時の作品で完全な私小説である。

ところで、第一回の芥川賞候補は、非常にインパクトがあったとみえて、『蒼氓』で受賞した石川達三はもとより、候補者の外村繁、衣巻省三、太宰治、高見順の四人は、すべて文士として大成している（衣巻は映画界）。

高見順もこの年「行動」「文藝春秋」「文藝」「若草」「婦人画報」「文藝通信」「東京朝日新聞」「都新聞」「時事新報」「国民新聞」などなどから原稿依頼があり、文字通りの「スター文士の誕生」である。

時に高見順二十九歳。二十三歳の水谷秋子と結婚。高見順は明治四十年二月十八日生れで、昭和四十年八月十七日病死。今年（平成二十七年）は、没後五十年になる。

④　平野謙　三度会って三葉の礼状

平野さんには三度しか会ったことがない。

文芸評論家・平野謙を好きになったのは、高見文学読みの私が、高見順のエッセイなどを読むと、必ず「平野クンが――」と出てくることと、高見文学の理解者として、文庫本などで解説していること。平野さんは「人民文庫」に発表した高見順論で、文芸評論家として世に出たのである。

「人民文庫」を探してみたら、あった。

それは、一九二七年九月一日発行の「人民文庫」の九月号と、同じく九月五日発行の、九月臨時号と十月号に発表した高見順論である。「文学の現代的性格とその典型――高見順論――」と題する長編力作で、二段組みで十九頁にも及ぶものである。九月臨時号と十月号に同じタイトルで発表した。

九月号に十九頁。九月臨時号にも十九頁。十月号に十四頁で合計五十二頁に亘って高見順論を展開したのである。

これを書くために「人民文庫」の頁をくったら、よほど精読したとみえて、赤線だらけであった。

〈今日、高見順といふ現代的風貌を身につけたひとりの作家をあげつらふ場合、私にはこの二〇枚たらずの、随筆のつもりで小説欄に組まれた『感傷』といふ小編の分析が大へん重要と思はれる〉

と、書き出されていて、説話体の文体論に及び、克明に論じているのである。

それはともあれ、私は、平野謙の文芸時評は最高のものとして読み、新刊書評などを頼りに本を買ってきた。

私にとって、平野謙と山本健吉、中村光夫と、同世代の江藤淳などの文芸時評は、文学書読みの道案内者であった。

④　平野謙　三度会って三葉の礼状

私が、紙《かみ》の上《うえ》の神様だと思って尊敬していた平野謙と、私信がくるほど近しくなれたのは、ある時、鎌倉の高見秋子夫人から、

「平野さんが金沢へ講演に行くので、〝帰りに三国の高見クンの文学碑を見に行きたい〟と、言っているから坂本クン、案内してあげて」――と言われ、車を持たない私は、タクシーで

金沢の講演会場に行き、終るのを待って、福井に拉致して来たのである。

望洋楼で遅目の昼食？　早めの夕食？　をとって、高見順文学碑に案内したのである。

その時のスナップ写真が、今でも私のアルバムにある。

その後、一年経ってから、丸岡町の文化講演の講師に平野さんをよんだ。前年に〝中野重治の旧宅跡を見たいと〟言っていたので、その頃丸岡町の社会教育課か図書館にいた福田強氏と計らって招待したのである。この時のスナップもある。

三度目に会ったのは、平野さんが病気快復の後、青山毅氏と連れだって世田谷の平野宅へカニを届けに行った時。その後、父の遺稿集を平野さんが編集した『平野柏蔭遺稿集』と礼状をいただいた。三枚のハガキは表具してある。

⑤　立原正秋「風月楼《ろう》」での雑談

ある夕。私の事務所の電話が、鳴った。

「タチハラですが、サカモトさんですね。これから風月という料亭へ行くのですが、よろしかったら、来ませんか。雑談しましょう」

その頃、立原文学に嵌っていた私は、喜び勇んで馳せ参じたのである。

その時、立原さんは、「小説新潮」の仕事で編集者と来ていたのだが、料亭にはお伴は来ていなかった。

芸者が二人と料亭の女将・吉川富江さんが座敷にいた。

そこへ私が着いたら、同伴のカメラマン（道正太郎氏）がスナップを撮りはじめた。

女将の吉川富江さんは、座をもり立てながらも抜け目がなかった。ころ合いをみてサイン帖を出した。そこには、松平春嶽から、横井小楠、などの超有名人から始って、当代の文人・知識人たちが、一頁ずつ、毛筆で何かを書いていた。

私は、山田介堂と阪本釤之助のサインに興味があった。介堂が足羽山を描き、そこへ釤之助が漢詩を付けたもので明治四十年の春頃である。

それはともあれ、料亭の女将が自慢げに差し出した色紙帖の最後の白紙頁に、毛筆で何かを書き出す時に、

「私の字を見たら、次の人は書けなくなるよ」

と言ったので、私はびっくりした。

如何に字がうまい人でも、そこまでは言うまい。そして、墨をすり、毛筆を選び、色紙帖に書いたのである。

⑤　立原正秋「風月楼」での雑談

その時、両側からのぞいていた私と女将と若い芸者の二人が撮っている写真は、私のアルバムに今もある。立原さんは、Yシャツの腕まくりで、横顔に近い。それを二人がのぞき込むようなポーズである。後日、道正太郎氏が、大きく引き伸ばして送ってくれたのである。

立原文学について書くつもりで始めたのに、料亭での写真のことだけで終ってしまいそうである。

その後も、小説家・立原正秋氏とは「つきあい」があったと見えて、二枚のハガキと一通の長い手紙がある。

表具して書斎に飾ってある。その一つに——

春　浅き日　三
国にてひたす
らに蟹を
くらう
　　　正秋

これは三国の川喜で書いたもの。立原さんは川喜がお気に入りで、小説の中にも川喜を書いているほどである。

立原さんの小説で一番好きなものを一点選べと言われたら、私は『紬の里』をあげる。

とにかく立原文学は読みやすくて、日本の古典文学を背後霊にしたものが多い。『残りの雪』『辻が花』——とあげたらキリがない。

⑥　辻井喬　財界人と文人で名をなす

名刺綴りを見たら「堤清二」セゾングループ代表——というのがあった（平成二年九月五日龍翔館にて）。

文士・辻井喬のものである。

辻井喬は筆まめな人で、私は、長い手紙を三通もらっている。一枚目はワープロで二枚目からはペン書きで、思いのたけを書いてくれた。

それはさておき、辻井喬は、平成二十五年十一月二十五日に八十六歳で逝去した。ここでは辻井喬について書こうとして、スクラップブックを繰ってみたら、あるわあるわ。

東京新聞の「大波小波」（二十五年十二月五日）

県民福井の「緑風」（二十五年十二月三日）辻井喬（堤清二）さんを悼む。

朝日新聞（二十五年十二月三日）、堤清二氏が死去・作家「辻井喬」セゾン築く。八十六歳。

福井新聞（二十五年十一月十九日）、元西武流通グループ代表・堤清二・経済人であり、文化人。

大阪文学学校の文芸誌「樹林」故・辻井喬さん特集。

福井新聞（二十六年二月五日）追悼。経済、文化と闘う・セゾングループ築き、詩人・作家でも活躍・堤清二さん。


と、沢山貼ってあった。

そして今日（二十六年三月十五日）の福井新聞の「季《とき》の観覧車」欄には「辻井喬氏を悼む」――と題して、歌人の栗木京子が、歌人辻井喬について書いている。

私は、辻井喬が好きで、その著者は、四十九冊も並んでいる程。昭和四十七年の暮れ、浅草のお好焼屋染太郎で会った時には、すでに好きだったのである。それから何年かして、北鎌倉の高見秋子夫人から「堤さんが福井に講演に行くので、〝高見順文学碑を見てきたい〟と言ってるから坂本クン案内して！」と電話があった。福井の講演会場に行き、「名刺交換」

となったのである。辻井さんの父・堤康次郎は衆議院議長まで勤めた大政治家であったが、下半身は賑やか。母違いの子が沢山？　いた。高見順の父・阪本彰之助に似ているので好きになったのかも知れない。

詩人でもある辻井喬の本はタイトルがいい。『沈める城』『終りからの旅』『けもの道は暗い』『彷徨の季節の中で』『過ぎてゆく光景』『いつもと同じ春』『深夜の読書』（遡航・散歩・唄声・孤宴）と写したらキリがない。

私は、不幸福《ふしあわせ》な人が好き。生れた時から、魂の奥底に傷を背負っている人が、好きなのである。傷の無い詩人・小説家などいる筈がない。

高見順も辻井喬も同じである。

だから、小説読みはやめられない。

個人全集から「読む作家論」を書いてみたい。他人の解説や論評は一切無視して、その作家の内面をあぶり出すのである。つまりその全集本から、私好みの作品を何編か選び出して、自分勝手に、気随気ままに読み説くのである。

読書歴六十余年。八十過ぎの老残の身なればこその、自分勝手なのである。

⑦ 曾野綾子　八十四歳の今でも〝筆戦中〟

曾野綾子は健在で、今（平成二十七年九月）も「週刊ポスト」に「昼寝するお化け」と題するエッセイを連載している。

手近かにあった『人間関係』（新潮新書）のカヴァー裏を見ると〈一九三一年東京生れ。聖心女子大学卒。一九七五年ローマ法王よりヴァチカン有功十字勲章を受章。二〇〇三年文化功労者。一九九五年から二〇〇五年まで日本財団会長を務めた。『木枯らしの庭』『天上の青』『貧困の光景』『老いの才覚』『人間の基本』など著者多数〉とあった。

『酔狂に生きる』（河出新書）『大説でなくて小説』（ＰＨＰ）――などが手近にあったが、『大説でなくて小説』は、曾野綾子の人生を逆説したような「タイトル」である。

否、曾野綾子の場合は「小説家ではなくて大説家」である。

『作家・小説家人名事典』によると、曾野綾子は他人《ひと》の四人分ものスペースに〈曾野綾子――小説家。「脳死臨調委員。昭和六年九月十七日東京生れ。「新思潮」に参加。先輩格の三浦朱門と結婚。二十九年「遠来の客たち」が芥川賞候補となり文壇デビュー〉以降業績がズラー。書ききれないからヤメておく。

三十一年生れとは私（坂本）と同年である。

才能の違い過ぎか。一方は、ローマー法王からホメられているのに、当方は、ローカル文士というか。公民館スターとでも言うべきか。

地方紙にエッセイを書く程度で、原稿料や印税収入はゼロ。年金で細々と暮らしているのである。

自分の世迷い事を書いても仕方がないので、曾野綾子に戻すと、彼女の文体というか、内面は男っぽいのが特質。

そして、迷うことなくバッサリと切る。一刀両断、見事なものである。

⑦　曾野綾子　八十四歳の今でも〝筆戦中〟

そこに、私は、魅かされる。

書庫に入って著書を数えたら二十二冊もあった。

小説本ではなくてエッセイ本だけである。

『私日記5「私の愛する妻」』

『悪と不純の楽しさ』

『夜明けの新聞の匂い』

『堕落と文学――作家の日常、私の仕事場』

と、写していったらキリがない。

『夜明けの新聞の匂い』は、〝この本この人〟によると、

〈新聞、雑誌、テレビなどのマスコミの報道には賛否両論はつきもので、すべての人の満足は得られない。

曾野さんはマスコミに対する不満、批判を〝一億二千万分の一の意見〟として雑誌に連載、独特の〝筆戦〟を展開しているが、その一部をまとめたのが本書である〉

とあるが、曾野綾子は、今でも、〝独特の筆戦〟を展開している。

今、「週刊ポスト」に連載中の「昼寝するお化け」も、決して昼寝などはせず、どこへでも化けて出ているのである。

⑧　本多秋五　全集の中から見えるもの

本多秋五には、いつ、なんで嵌ったのか。今となってはさだかではない。

貴族の「坊ちゃん集団の白樺派」を読んでいたから、その故かも知れない。

書庫には『「白樺」派の文学』という、〝株式会社大日本雄弁会講談社〟が昭和二十九年に発行した本があるから、昔々のことである。

この本の奥付頁には、〝文学に足跡。文芸誌「白樺」(一九一〇—二三)〟(平成二十一年九月十四日付福井新聞）という新聞記事のスクラップまで貼ってある。この新聞記事には最下段に「白樺新年会」の写真があって、志賀直哉、里見弴、柳宗悦、有島生馬、武者小路実篤、高村光太郎、木下利玄――などが盛装で並んでいる。その後、『転向文学論』『物語戦後文学史』などと、私の書棚には並んでいる。

決定打は『本多秋五全集全16巻』と『別巻一・二』である。

発行人の高橋正嗣という人は、この全集を作るために菁柿社という個人出版社を創ったと、後日、月報に書いている。

つまり高橋さんは、本多秋五に惚れて惚れて惚れまくったあげくに、本多秋五全集を出すために出版社を創ったのである。

ここまで入れ揚げれば言うことなし。本多秋五も高橋正嗣も、以って瞑すべし――としか言いようがない。

私の本多秋五ボケは、出版された本を買うだけ。「白樺」派の坊っちゃん文学もさることながら、私は、転向文学に深い興味があった。

昭和初年の、プロレタリア文学からの転向文学には非常に関心があった。

高見順の『故旧忘れ得べき』もそれである。

国家権力によって、プロレタリア文学が弾圧され、やむことなく「転向」させられた文学者たち。その軌跡をたどる「転向文学」に、私は魅きつけられ、深入りしていったのである。こう書いてると「高見順」に戻りそうになるのでヤメておくが、本多秋五は、これらの転向文学を、昭和文学史の中で位置づけしたのである。

知性と教養と、資産家育ち――が、何故、プロレタリア文学に走ったのか。そして国家権力の弾圧によって転向したのか。ここに私は、興味があった。

貧乏育ちの私ならともかく、超上流階級の生れ育ちで、戦前の表現では「貴族」「華族」と呼ばれた大金持ちの坊っちゃんたちが、何故？　というのが私の疑念であった。

話がムズカシイほうに行ってしまったので、俗に引き戻す。

私のアルバムには、本多秋五と二人並んで座ってる写真が何枚かある。鎌倉の料亭で高見順を偲ぶ会があり、その時、青山毅（日本近代文学館勤務）氏に写してもらったものである。

本多秋五も青山毅も、今は亡い。往時茫々の感。

⑨　吉村昭　今も暮れきらない文士

吉村昭とは福井駅ビルで初めて雑談した。

その時もらった『戦艦武蔵』は出たばかりで、昭和四十一年九月五日発行と奥付にある。この『戦艦武蔵』が好評だったので、版元の新潮社では次回作を要請。その取材で富山県の佐藤工業に行く時、福井駅で途中下車して私と広部英一君とが、駅ビル三階のディナールームで一時間ほど、雑談を交したのである。

佐藤工業へは黒四ダムの隧道工事の取材に行き、それが『高熱隧道』(昭和四十二年六月二十日初版発行)に結実したのである。

あの時、未知の吉村氏と何故会ったのか。それには前段があって、夫人の津村節子さんが『玩具』で四十年下期(五十三回)の芥川賞を受賞。県立図書館では、福井市出身の津村節子が芥川賞受賞ということで、早速、講演会を開催。県立図書館の振興課にいた広部英一が津村さんの接待役を担い、私も同席した。そんなこんなで、吉村昭の『高熱隧道』取材行は広部君の所に事前連絡があり、途中下車雑談となったものと思う。何しろ、四十余年も前のことである。その後、吉村・津村夫妻とは、福井に講演・取材に来るたびにお会いした。昼は喫茶店で、夜は宴席やらでどれだけ会ったか解らない。

もう一つ記憶にあるのは、吉村氏が講演か取材で、福井のニューユアーズホテルに泊り、広部君を交えて二人で喫茶室で雑談した時、吉村氏は新刊の『海の祭礼』(文藝春秋社・昭和六十一年十月二十五日初版)と、小さ目な色紙を二枚出して「これグリコのおまけ」と、テレくさそうに、私と広部君にくれた。扉頁に吉村昭・坂本満津夫様と毛筆で書いてあった。

他に著名本は『生麦事件』『メロンと鳩』などもあるが、何しろ百十五冊が書棚三段に並んでいるのだから、どこにポイントを合わせて切り口にしたらいいか、迷ってしまう。

私の「文部大臣賞受賞」の時には、吉村・津村夫妻が、わざわざ福井に来て、「料亭やま田」で祝宴をしてくれた。広部君も同席した。

とにかく、吉村昭と津村節子夫妻とは、宴席をともにした。

酒好きで、酒は強い。しかし、周辺と合わせて楽しむ——というタイプではないので、スナックやバーは極力さけて、料亭の宴席にした。風月、清風、やま田——などなど。

とにかく、酒そのものを楽しむタイプなので、接待している私とは正反対。私の方が疲れてしまう宴席であった。

吉村さんは尾崎放哉をモデルに『海も暮れきる』という評伝的な作品を書いた。

「咳をしても一人」という尾崎放哉は、とにかくエライ俳人です。一高・東大・大会社の略歴を知ると、エラサが際立ってきます。

芸術家は「社会人不適格者」でなければ大成しません。世渡り上手なゲイジュツ家は見たことがありません。吉村昭も世渡り下手であった。

⑩　津村節子　六十七通のハガキと手紙

津村節子さんからハガキが来た。十五年九月四日と郵便局のスタンプにある。

そこには、

〈福井県の〝ふるさと文学館〟から高見順展の催しをするので図録を書いてほしいと言ってきました。

参考資料として、坂本さんの「県民福井」のコピーを、送ってきました。そのページに「『津村文学』の魅力を解く」「小説家津村節子」のカラーコピーも一緒に載っていました。

いつも、有難うございます〉

とあった。

津村さんは筆まめな人で、私の書類袋の「津村節子コーナー」には、六十七通のハガキと手紙が入っている。「平成二十四年九月五日確認」と書いてあった。三年前まででこれだけあった。

私のスクラップブックには、どうした訳か「県民福井」に書いた文章のコピーが無い。

私も、こうしたことにはマメな方なのに、自分で書いたエッセイのスクラップが無いのは、どうしたことなのだろう。

近々、「県民福井」に行って、調べてみよう。

それはともあれ、六十七通のハガキと手紙をめくっていくと、思いが様々に拡がっていく。


某月某日。

〈お電話しましたが、お留守のようでしたので、とりいそぎ一筆。昨日の文芸家協会「入会委員会」に、私は、出席できませんでしたので、大河内さんにお願いしました。入会、承認された由。連絡がありましたので、おしらせいたします。いずれ会から連絡があると思います〉

私が、日本文芸家協会に入れてもらった時のハガキである。03・4・21と消印にはある。


某月某日。

〈〝吉村昭の死〟コピーお送り下さり有難うございました。

一味、違った、坂本さんらしい、追悼の文章でした。

〝四季折々〟は、こうしてまとめて拝読すると、興味深いです。

高見さんの文学に対する坂本さんの読みは、同感です〉

⑩　津村節子　六十七通のハガキと手紙

某月某日。

〈「津村節子の世界」拝読しました。

自分で忘れている昔の作品評。懐かしい思いでした。それにしても坂本さんの家には、どのくらいの資料があるのでしょうか。昔から本当に文学青年だったのですね。実によく読み込んでいると感嘆しています。私の文学史として有難く存じます。いま湯沢に来ています。川端康成展をしています〉

確か津村さんは、湯沢に別荘を持っていた筈である。

こうして、津村さんからのハガキをみていくとキリがない。それにしても、私のことを、よく読んでくれ、心にとめていてくれたものである。津村八十七、坂本八十四――余命いくばくか。

⑪　三木卓「かまくら春秋」での遊び

三木卓とは、いつ頃知りあったのか。——今となってはさだかではないが、北鎌倉の高見家通いをしていた頃なのは確かだ。

三木卓は第一回の「高見順賞」の受賞者である。一九七〇年（昭和四十五年）三木卓と吉増剛造の二人が同時受賞した。

三木卓『わがキディ・ランド』

吉増剛造『黄金詩篇』

である。

その時の選考委員は、寺田透、鮎川信夫、清岡卓行、大岡信、谷川俊太郎の五人で、授賞式は神楽坂の出版会館であった。

パーティーもそこであった。その時、高見夫人に紹介されたのが、初対面だったと思う。

高見順賞の記念パーティーの会場が、赤坂プリンスホテル、飯田橋のホテル・エドモントと移ったが、祝宴の帰りは、同じ鎌倉住いの三木さんとクルマが一緒だった。

その頃は、日本近代文学館に勤めていた青山毅氏が高見家の書生がわり。いつも車で送ってくれた。そして千葉県市川住いの青山氏もその夜は高見家に泊った。

⑪　三木卓「かまくら春秋」での遊び

私と二人。二階の高見順書斎？　の部屋で枕を並べて寝たのである。それが何年続いたか。鎌倉住いの高見夫人。三木卓氏に私（坂本）の二人が青山氏の車で北鎌倉に帰ったのも、今となっては、懐しい思い出である。

三木さんは、鎌倉の自宅の他に、勉強部屋とか言って、アパートを借りていた。いつも、そのアパートの前で下りた。

私の書庫には三木さんの本が沢山並んでいる。贈呈本に買った本。何冊あるか数えてみたら三十六冊もあった。その他に文庫本も。

『北原白秋』、『錬金術師の帽子』、『鎌倉日記』、となりの女、――などなどに「かまくら春秋」というタウン誌もあった。そこには、「連載・鎌倉その日その日（九十二回）――波乱含みの春――三木卓」というのがのっていた。

〈今年の春はヘンな春だった。とにかくサクラが咲き出すのが、あきれるほど早かった。今日は五月中旬の気温です。と気象庁がいう日が、三月に入って幾日も続いたのである。いや、体がついていけなくて大いに困った〉

と、四頁に亘って書いている。そして末尾には「作家・雪の下在住」とある。

ついでに、その頃鎌倉住いだったのか。俵万智の「ライトアップ」と題するエッセイも四頁のっている。

三木卓さんからは年賀ハガキやら高見順関連の手紙やらが沢山来ているので、それらも整理しておきたい。年賀状には必ず「今年も高見順賞でおあいするのを楽しみにしています」とペンで書いてあった。

今は、芸術院会員。三木卓先生とは疎遠になっているが、最近はどうしているのか。情報が全く入ってこない。

⑫ 金子みすゞ 自殺するまでの夢

十余年前にも書評的エッセイを新聞に書いたが、また、読み直すことにする。

私は、「詩」は苦手で、鑑賞の肝所を親友の広部英一君に教えてもらったりしたが、その広部君も十回忌である。

それはともかく『金子みすゞ名詩集』である。彩図社が出した文庫本で、〈平成二十三年七月六日第一刷　平成二十七年二月十二日第九刷〉——と奥付にはある。その九刷を読んでいるのだ。

「私と小鳥と鈴と」の次に「大漁」があって、これが私の好きな作品である。

⑫　金子みすゞ　自殺するまでの夢

大　漁

朝焼小焼だ
大漁だ。
大羽鰮《おおばいわし》の
大漁だ。

浜はまつりの
ようだけど
海のなかでは
何万の
鰮のとむらい
するだろう。

この大漁に浮かれる漁師たちと同時に、鰮のとむらいするだろう——という視点。ここに金子みすゞの特質をみることができる。

「こだまでしょうか」「こころ」「夜」――などなど、あげていったらキリがない。言葉が単純で、日常私たちが使う「日常語」で組みたてられた「詩」なので、解りがいいのである。この、日常語の作品という点だけから見ると、啄木短歌を想起している。

私は、石川啄木が好きで、青春時代の夏休み一ヵ月、啄木短歌集をポケットに、北海道をめぐり歩いたことがある。

金子みすゞに戻して「雪」。

雪

誰も知らない野の果で／青い小鳥が死にました／さむいさむいくれ方に／そのなきがらを埋めよとて／お空は雪を撒きました／ふかくふかく音もなく／人は知らねど人里の／家もおともにたちました／しろいしろい被衣《かつぎ》着て／やがてほのぼのあくる朝／空はみごとに晴れました／あおくあおくうつくしく／小《ち》さいきれいなたましいの／神さまのお国へゆくみちを／ひろくひろくあけようと――

こうして詩を読んでいくと、金子みすゞって、どんな人だったんだろうと、その人生が気になって仕方がない。奥付の略歴をみると、〃一九〇三年に山口県で生れて一九三〇年、自ら死を選び二十六歳でこの世を去る。〃――とあって二十六歳で自殺したことが知れる。啄木も二十五歳で病死。詩人とは若死にが特質なのか。

とにかく、心に残る作品集であった。

⑬　石川啄木　啄木短歌は精神安定剤

潮かをる北の浜辺の
砂山のかの浜薔薇《はまなす》よ
今年も咲けるや

啄木は、こう詠っているが、私が北海道に行ったのは六月だったので、ハマナスの花は満開であった。民生委員として網走刑務所を見学した時のことである。海水に手を入れるとヒヤッと冷たかった。高倉健の「網走番外地」が大ヒットした故もあってか、網走刑務所は観光コースに入っていたのである。
塀の外。海岸通りを歩いたのだが、行けども行けどもハマナスの花が満開であった。地ベタを這うようにして咲いているのだが、あの「行けども行けども」は、圧巻であった。所々に小さな沼地があって、まるで公園を散歩している気分になったものである。刑務所見学を観光コースとは不謹慎かも。

馬鈴薯《ばれいしょ》の花咲く頃と
なれりけり
君もこの花を好きたまふらむ

馬鈴薯のうす紫の花に降る
雨に想へり
都の雨を

北海道は、日本一（？）の馬鈴薯の産地である。「行けども行けども」は陳腐過ぎるが、広い北海道のジャガイモ畑は、全く、その通りであった。

現役の頃。同業者の全国大会が、各県当番であって、日本中、二泊三日で廻ったのだが、私の感想を誌すと、弱小県といわれる鳥取・島根・愛媛・福井などよりも、沖縄と北海道は弱小県に見えた。統計数字などではなくて、バスの窓から街を、田舎を、海岸通りを見ての、私の実感である。民度が低い――と断じては失礼に過ぎるのかも知れないが――。

しらじらと氷かがやき
千鳥なく
釧路の海の冬の月かな

二度目に行ったのも六月だったのでこの実感は味わえなかったが、釧路湿原を小舟でめぐったり、展望台に昇ったりは一通りした。

そして夕方の飛行機で札幌に戻ったのである。

啄木は、私の心に住みついてしまって離れない。時間の停った文学青年の故である。

時間の停った文学青年は、精神的発育不全でもあるので、中原中也とか石川啄木は、仲々抜けて行かないのである。

同居人は「何かというと啄木啄木って、あんたバカじゃないの」ってケナすけれども、啄木は死ぬまでヤメられない。

汽車の窓 はるかに北にふるさとの
山見え来れば
襟を正すも

この辺で、ヤメておくことにする。

⑭ 大岡信　わすれないで『折々のうた』

大岡信は、今、どうしているのだろう。
新聞、雑誌、テレビで見掛けたことがない。
大岡信に会ったのはいつだったか。名刺綴りを探してみたら、あった。
昭和六十年三月十五日。赤坂プリンスホテルにて――と大岡信の名刺に書いてあった。
昭和六十年赤坂プリンスホテルとは、第十六回高見順賞の授賞式の会場である。

その時の受賞者は、
新藤凉子『薔薇ふみ』
岡田隆彦『時に岸なし』
の二人であった。
その会場で高見秋子夫人に紹介されたものと思う。
大岡信の名刺には、肩書も何も書いてなくて、左下端に住所と電話番号が小さく書いてあるだけ。大学教授ぐらいはしていたと思うが、詩人・大岡信のプライドが透けて見えてくる。
大岡信の本は沢山あり過ぎて（九十冊）、どこにポイントをおくか、迷ってしまう。
そこで、『折々のうた』全十巻に決めた。
『折々のうた』「総索引」によると、
〈『折々のうた』が岩波新書版で十冊を数えることになったが、ついては既刊十冊分の総索引を別に一冊編んではどうか。という岩波からの誘いを受けた。
「願ってもないこと。そうしていただきたい」
とお願いしてこの一冊が実現することになった。
『折々のうた』は、朝日新聞に囲み記事として連載されたもの。「すでに足かけ十四年。一冊にまとめたものなので、実質でいうとぴったり十年間。このコラムを書いたことにな

る」〉

と、続いている。

それはともかく、その後、大岡信とは三国へ来た時にも会った。「荒磯忌」のゲストとして来たもので、そのあと、三国図書館の館長室かなにかでサイン会をしたら、長蛇の列はいいのだが、知人の某氏が、五十枚もの色紙を出してサインを求めた。大岡さん側に居た私は一寸困ったが、その時大岡さんは、一人のために五十枚の色紙にサインした。

その後の噂話によると、その某氏は、大岡さんの色紙を一枚五万円で売り、遊興資金に当てたという。入れ揚げていたホステスに貢いだのだと、まことしやかに噂話が流れてきた。

新書版の奥付頁には著者略歴があって、

〈一九三一年静岡県三島市に生れる。一九五三年、東京大学文学部卒業。詩人。東京芸術大学教授。『紀貫之』『岡倉天心』『詩人・菅原道真』などなどの他『大岡信著作集』(全十五巻)〉

とある。

一九三一年生れとは、私と同年である。ローカル文士との違いが歴然としている。

⑮　黒古一夫『戦争文学は語る』を精読

黒古一夫『戦争文学は語る』は、平成二十七年九月二十六日（金）、十七回で終ってしまった。十七回というのは、いかにもハンパな感じだが、どこからか、横槍《よこやり》でも入ったのか？

その十七回目は、立松和平の『軍曹かく戦わず』で、タイトルは「戦後世代の思い映す」とある。〝第一次ベビーブーム世代は「団塊の世代」「全共闘世代」とも呼ばれる〟そうだが、昭和六年生れで、中学二年で敗戦を迎えた私たちの世代は、なんと呼ぶのだろう。『内向の世代』という本を読んだ記憶があるが、書庫に入って探したが見つからない。

そこで『近代日本総合年表』（岩波書店）を繰ってみた。

すると、昭和二十七年の項に、〈六月七日。破壊活動防止法案反対第三波スト。六月十七日同第二段スト〉――とあり「芸術」の項には、〈「高見順・昭和文学盛衰史」「文學界」五十七年十二月〜五十八年三月〜十一月刊〉とあった。

昭和二十七年と言えば私は二十一歳。国立病院に入院加療中だった。が、安静時間を抜け出してデモに参加。帰ったらバレて看護婦（師）さんに、こっぴどく怒られた記憶がある。

あの頃の学生は、退屈鎬《たいくつしのぎ》にデモに参加したものである。金と女のいる奴はデートで映画館。金もなく女もいない奴は、デモでアバレるのが、うっぷんばらしであった。

『戦争文学は語る』の十六回目は、開高健の『ベトナム戦記』で、タイトルは「反戦への思いにじむ」とあった。

次いでに十五回目を繰ると、大江健三郎の『人間の年』。十四回目は林京子の『祭りの場』であった。十三回目は原民喜の『夏の花』。

と、繰って行ったらキリが無い。

私は、黒古一夫という文芸評論家についての知識はゼロ。「季刊文科」で名前ぐらいは知っていたようにも思うが、それも、さだかではない。

しかし、「戦争文学」にポイントを置くからには「反戦」思想家である筈。

「戦後世代の思い映す」では、立松和平のことをこう描く。

〈敗戦間近の満洲で関東軍兵士として任務についていた父。侵攻してきたソ連軍につかまるものの、シベリア送りになる寸前で逃亡。命からがら故郷の宇都宮に帰還している。立松は、その父が再会した妻との間にもうけた第一子である〉

宇都宮育ちの私は、「宇都宮」ときて、グッと近くなった。敗戦後に宇都宮で生れたのなら、俺の弟分だ、仲良くしよう。――という気分になったのである。

いずれにしても、楽しく読んできた『戦争文学は語る』が、十七回で終るのは残念である。

書庫を調べたら黒古一夫の『北村透谷論』(冬樹社)があった。それで名前を知ったのかも。

⑯　本能寺の変　それって本当なの？

私は、明智光秀が大好き。「本能寺の変」となると、黙って見過す訳にはいかない。

あれは、いつだったか。大分前である。

京都の南座で「時今也桔梗旗揚《ときはいまききょうのはたあげ》」という芝居を観た。片岡孝夫が主役（光秀）で市川海老蔵（後・団十郎）が、織田信長役で、友情出演していた。

孝夫の「花道の出」に、私はゾクゾクワクワク。大向うから「孝夫ちゃーん」と黄色い声がかかる。プロの「松島屋ァ」よりも、私は「孝夫ちゃーん」の方に好感をもった。

花道を、ゆっくりと出て、本舞台に出ると、高座にフンゾリかえっている織田信長を向こうに廻しての「大芝居」。ゾクッーとする。

明智憲三郎著の『本能寺の変　431年目の真実』について書こうとして書き始めたのであるが、書き出しから「わき見運転」になってしまった。

それはともあれ、カバー裏にある著者略歴によると〈一九四七年生れ。明智残党狩りの手を逃れた光秀の子・於寉丸《おづるまる》の子孫。慶應義塾大学大学院工学研究科修士課程修了後、大手電機メーカーに入社。一貫して情報システム分野で活躍する。長年の情報畑の経験を生かした

「歴史捜査」を展開し精力的に執筆。講演活動を行っている。日本歴史学会会員。土岐会会員。情報システム学会員〉とあって、光秀の直系子孫のようである。

栃木県宇都宮出身の私は、日光の奥の奥にある「明智峠」が、明智光秀にちなんだ命名で、秀吉の追跡をのがれて江戸の徳川家康に助けられた光秀は、名を、某坊と改めて、江戸で生き長らえた。三代将軍徳川家光の要請で日光東照宮の建立にたずさわり、その時、峠に「明智峠」と名付けた。と、観光案内書にあったと、思うのである。

話を『本能寺の変』に戻すと、その中見出し、小見出しには、「秀吉の宣伝の書『惟任退治記』」、「改竄の動かぬ証拠」、「秀吉伝説を作った『太閤記』」、「光秀伝説を作った『明智軍記』」、「権威付けた細川家記」、「定説を固めた高柳光寿神話」、「将軍義昭の足軽衆」、「細川藤孝の中間」、「幕府奉公衆としての出世」――などなどとあって、ご子孫サマが書いただけあって、資料にはこと欠かない。しかし、私は、「歴史資料」、「古文書」などというものは、信用しないことにしている。短絡的に言へば「勝者の歴史」だからである。村の村長サン・区長クラスでさえ、自分に不利なことを、書き残す筈はない。と、思うからである。しかし、この本は「光秀の末裔がついに明かす衝撃の真実」――という帯のキャッチコピーに魅かされて買ってきた。もう少し、精読しよう。

⑰　種田山頭火　丸谷才一と渡辺利夫の山頭火

後姿のしぐれて行くか――小説家丸谷才一は、ここにポイントを置いて「山頭火」を描いたが、渡辺利夫の「種田山頭火」は、どうなのだろう。読み進むことにする。

〈父は防府の地主の家督を相続した村の有力者であり、村役場の助役でもあった〉

と書き出されるから、「私の持説」の通りの生い立ち、人間である。

〈妾の一人を正一（山頭火の実名）が通う尋常小学校の道すがらの天満宮の脇の一軒家に住まわせていた〉

山頭火は、そういう父をもって育ったのである。

人間、崩れるためには、崩れる前に豪家がなければ、崩れようがないのは当り前。

山頭火も例外ではなかったのである。

正一は、

〈ここがひどく汚れた場所であるかのような嫌悪感を隠すことができなかった。友達と一緒に通る時には、後ずさりしたくなる恥ずかしさだった〉

〈家の敷地は、草葺き屋根の母屋を中心に、納屋、土蔵が点在する広大なものだった〉

こういう家で山頭火は育ったのである。

そして〈母が身を投げた古井戸は、葬儀の後に埋められた〉のである。

父の女狂いと、母の投身自殺――正一少年は、

〈身悶えした母のことを思うと、正一の膝はがくがくと音を立てた〉

こうした境遇の中で、山頭火の感性はみがかれていったのである。

一方は、身に余るほどの財による幸福感があり、他方で、身をけずるよりつらい不幸な人生――この、極端過ぎるハザマで、芸術家の感性は、磨ぎすまされ、深められていくのだと思う。

だから、生まれながらの貧乏育ちには、芸術家はいない。この落差こそ、大切なのである。

〈山口尋常中学校を卒業した明治三十四年の五月、後に早稲田大学の初代学長となる高田早苗が山口市内で行った「国民教育論」なる演説を聞き、早稲田の自由な精神を説く熱弁に感銘を覚えた〉

そして、

〈文壇や論壇の旗手を集める早稲田に学んで、自分を再生させようと暦を固めた〉

とある。

　唄さびしき隣室よ青き壁隔つ
　火鉢火もなしわが室は洞のごと沈めり

〈防府の種田家の家屋敷が他人の手に渡ったのは、明治四十一年四月だった。田畑も売却

された。種田酒造の破産も膝前に迫った〉
そして種田山頭火は、旅に出る。テレビドラマで見た覚えがあるが、菅笠に寺の坊主の姿で歩く後姿。今でも記憶にある。丸谷才一の『横しぐれ』の映像化であった。

⑱　尾崎放哉　海も暮れきる・吉村昭

尾崎放哉は、吉村昭の『海も暮れきる』で精読したが、渡辺利夫の『放哉と山頭火』もいい本である。

私は、俳句は、ズブの素人だが、読むのは大好き。芭蕉、蕪村、一茶なども、若年の頃読んだ。八十三歳の今日でもＮＨＫ日曜朝の「心の時代」「ＮＨＫ短歌」「ＮＨＫ俳句」は必ず見ている。それに「趣味の園芸」と「日曜美術館」。

それはともかく、尾崎放哉である。

書き出しの「コスモスの花に血の気なく」によると放哉は、大知識人・大エリートなのである。

明治四十二年に東京大学法学部を卒業して、東洋生命保険会社に入社。エリート社員として嘱望されていたが、人間関係の煩わしさに厭世的な気分を募らせ、憂さをアルコールで晴らした。

〈最早会社ニ身ヲ置クノ愚ヲ知リ、小生ノ如キ正直ノ馬鹿者ハ社会ト離レテ孤独ヲ守ルニ如カズト決心セシナリ〉

三十六歳の帝大出の人物に、新しい仕事などおいそれとはない。一度、故郷の鳥取に帰った。朝鮮に渡って生保会社の支配人に就任——とかの前歴がある。

つまり、超エリート人生なのである。

放浪者として後世に名を成す人は、皆、これである。生れながらの貧乏育ちではないのである。

西行も芭蕉も、前半生は超エリート人生なのである。西行の場合など、

「俺の女を天皇に横取りされて、天皇の夜番などできるか」

との思いで、今で言う「皇宮警察官」をやめて、放浪の旅に出るのである。

尾崎放哉の場合は、どうなのか。酒好き、人間嫌い、とは書いてあるが、直接の原因は書いていない。

火ばしさす　火の無き灰の　中ふかく

⑱　尾崎放哉　海も暮れきる・吉村昭

晴れつゞけば　コスモスの花に　血の気無く

渡辺利夫の本は「評伝」とでも言うのか、細かすぎて面白くない。

そこで吉村昭の『海も暮れきる』を観ることにする。小説家と評伝家の違いが、これほどハッキリする本もめずらしい。

私は、どこで読んだのか「咳をしても一人」という句が、頭にこびりついている。

調べてみたら、やっぱり吉村昭の「海も暮れきる」にあった。そこには、

なんと丸い月が出たよ窓
くるりと剃つてしまつた寒ン空

などの句もあったが「咳をしても一人」。これほど放哉の孤独感を表したのは無い。

人間は、最後は一人なのだ。死ぬときもきっと――

⑲ 小池昌代の『小説への誘い』を読む

ある日、小池昌代氏からゆうパックが届いた。喜こび勇んで開けると『小説への誘い―日本と世界の名作一二〇―』と題する著書が一冊入っていた。

小池昌代・芳川泰久・中村邦生三氏の共著で、帯文には「『秘密の花園』から『百年の孤独』まで、紫式部から村上春樹まで、一生に一度は読みたい　古今東西の名作一二〇冊への招待状」とあって、頁を開らくと「謹呈・坂本満津夫様　小池昌代」と書いたシオリがあった。

小池さんとは、三国の「荒磯忌」でゲスト講師として来演された時、初対面。名刺交換して、ほんの少し雑談を交わしただけである。深川生れ。津田塾大学国際関係学科卒業。詩集で高見順賞とか、エッセイで講談社エッセイ賞。朝日新聞書評委員――などなどと、あったので、当方としては「恐れ入り谷の鬼子母神」という気分になった。

その、小池昌代大姉から贈呈本が届いたのである。「まえがき」はこのくらいにして、さて『小説への誘い』である。

少女の時間　フランシス・H・バーネット「秘密の花園」

少年の時間　宮沢賢治「銀河鉄道の夜」

恋を知るとき　アルフォンス・ドーデー「星」

⑲　小池昌代の『小説への誘い』を読む

情念の炎に身をこがして、家族の肖像、いのちの根源をみつめて、旅に招かれて、都市をさまよう、性の深淵をのぞく、老いつつある日々のなかで、動物のさまざま、ゆたかな物語の世界・方法の探究・奇想のたのしみ、短編集を味わう、これぞクラシック——などなどの目次・小見出しが続く。

——それよりも私は「私の偏愛する十冊」と題する「付録」の方が面白かった。タメになった。高橋たか子の「怒りのみ」。小川未明童話集、心変わり、麻雀放浪記、騒動師たち、お供え、ギヤマン・ビードロ、吉里吉里人、宮本武蔵、皿皿皿と皿、河辺の風景——などなどは、若年の頃、精読した記憶がよみがえってきた。

ああ、この人たちも俺とおんなじなんだ、と、思うことで、小池昌代・芳川泰久・中村邦生——たちが、身近に感じられたのである。

ムズカシイ外国の本の名も沢山あったが、それらは飛ばせばいい。

八十三歳の老残の身ともなれば、「ああ、若い人はこんなに勉強しているんだな」と、距離をおいて、眺めることができるのである。

追いつけ、追いこせ——ではなくて、「ああそう。それもいいでしょう」と、距離をおくのである。

中身の評価は、また改めて書くことにする。とにかく小池昌代は、いい仕事をしている。

⑳　野村萬斎　五つの坊やと海水浴

ＮＨＫの教育テレビで「能・道成寺・喜多流」を見ていて、そこに野村萬斎師が脇役で出演しているのを見て、私の想念は三十数年も前に逆流した。

あれは、いつだったか。

北鎌倉の高見秋子夫人から電話があった。

「今度、野村万作さんが、福井に講演に行くので、その時、若葉子夫人も同伴。公演中は若葉子さんは暇なので、〝三国の高見順文学碑を見に行く〟――と言ってるから、サカモト君案内してあげてよ」

当日。福井市能楽堂に行き、ホンの少しだけ「うつぼ猿」を観て、楽屋に行き、若葉子夫人を誘い出してタクシーで三国に直行。

高見順文学碑や東尋坊などを案内して、三国海水浴場に行った。

「坊や」が、海水浴をしたい。と、せがんだからである。

浜茶屋に入って、海水着に着替えた。浅瀬から遠くへは行かないように、私は、坊やの番をした。

萬斎クンは当時五つぐらいであったか。入学前の「坊や」であった。

⑳　野村萬斎　五つの坊やと海水浴

その後、父のあとを継いで、和泉流狂言師野村萬斎として世界的にエラクなったのは、御承知の通りなのだが、私は、三国海水浴場での、五歳の坊やしか浮かばないのである。

野村万作師と万作夫人の野村若葉子さんを私が何故知っているかというと、高見順につながって行く。

高見文学の愛読者として、北鎌倉住いの高見秋子夫人（本名・高間秋子）の知遇を得、そこで坂本越郎令嬢の坂本若葉子さんを紹介されたのである。

若葉子さんは詩人として何冊かの詩集を出しており「高見順文学賞」のパーティーでも、よく雑談をした。

坂本越郎（阪本は筆名）は、高見順の父坂本釤之助の長男。高見順は愛人の子。つまり義兄弟なのである。越郎氏は文部官僚からお茶の水女子大に天下り。学長まで出世をしたが、詩人としては、あまりパッとしなかった。

とにかく、そういう関係で、高見家に出入りする私と若葉子さんは、知人という程度の知り合いだったのである。

坂本越郎の著書と若葉子さんの詩集は、沢山もらって、今も書庫にある。

歌舞伎好きの私は、たまには水道橋の能楽堂へも行った。歌舞伎の原点は「能」にあって「勧進帳」が、能の「安宅」の変形版だぐらいのことは、誰でも知っている。

そんなこんなで、歌舞伎の元点は能狂言にあり——との視点で、見物して巡った。

高見秋子夫人経由で、野村若葉子氏と知り合い、萬斎坊やを、三国の海水浴場に案内したのである。その時のスナップが、今も私のアルバムにはってある。

㉑『わが胸の底のここには』秘め事を自分でバラス

講談社から、この文庫本が、謹呈として届いた。

高見順読みの私にとっては、めずらしい事ではないが『わが胸の底のここには』が、講談社の文芸文庫に入ったのである。

〈自己の内面と激しく対峙した先に広がる小説の地平。自伝的長編の傑作　初文庫化　恥ずかしい　私の過去よ〉

と、オビ文にはある。

中にはシオリが入っていて、そこには、

〈高見順没後五十年にちなみ、高見順の自伝的長編小説『わが胸の底のここには』を刊行しました。一部送らせていただきます。公益財団法人　高見順文学振興会〉

とあった。

そして、チラシが二枚入っていた。一枚の方は〈もともと高見さんは「恥」の作家である。自分にとって具合のわるいことでも、それを平気で書いていく〉という三木卓さんの短文を中心に組んだもの。

もう一枚の方は〈日本近代文学館二〇一五年度秋季特別展。激動の昭和を生きる。高見順という時代。――没後五〇年――二〇一五年九月二十六日（土）～十一月二十八日（土）〉という見出しで、高見順のいい男の上半身の写真と「素雲亭主人苦悶図」と題するスケッチと生原稿の写真がある。裏には、川端康成との対談の写真などがのっている。

〈かつて高見順という時代があった〉という中島健蔵の名言の通り、〈彼は激動の昭和を常に文壇の中心選手として疾走し続けた巨星である〉と書き出されて、〈「故旧忘れ得べき」で第一回の芥川賞候補になり、戦中は「文学非力説」をとなえて、軍部に非協力的文士として斗かった〉――などなどと、高見順の時代を語っている。

同じ物が、日本近代文学館からも届けられた。館報二六七号が入っており、そこには春日井ひとし氏の「『文芸交錯』時代」と題する小論文がのっていた。

㉑　『わが胸の底のここには』秘め事を自分でバラス

さて『わが胸の底のここには』である。これは「新潮」の昭和二十一年三月号から連載した自叙伝的小説。「言ひがたき秘事《ひめごと》住めり」（藤村）といいながら、その「言ひがたきひめごと」

を、自分自身で暴露したのが『わが胸の底のここには』という小説である。

小説であるからして、そこに描かれていることが、すべて事実であるとは思わないが、福井県知事の「私生児」として生れ、坂本釤之助知事が、鹿児島県知事、名古屋市長を経て東京の本庁に戻ると、それを追って三国から東京へ行った。市立一中、一高、東大英文科――という超エリートなのは、ひた隠しにして、母と二人、貧乏長屋に住んでの苦労話を、延々と書いたのである。

〈四十にして既に老衰とはなんという滑稽さであるか。なんという惨めさであるか。喜劇は常に悲劇的である〉

饒舌体と呼ばれた文体で、ズラズラヌメヌメと、自伝風に描き切ったのである。

㉒ 原発銀座の裏通り　関電の重役サンも来て!!

原発銀座の裏通りに住む者にとって「原発」は、黙って見過ごせない。

過日、書店の店頭に並んでいた、
(1)『原発のコスト』大島堅一著　山石波新書

(2)『原発ゼロ社会へ! 新エネルギー論』広瀬隆著 集英社新書
(3)『原発、いのち、日本人』浅田次郎他・集英社新書
(4)『原発敗戦』船橋洋一著 文春新書
(5)『原発は火力より高い』金子勝著 岩波書店

の五点を買ってきた。まだ読んではいない。

しかし、二十代《はたちだい》から六十余年も本を買い、読んでくると、版元とか、著者略歴を見ただけで、内容の見当はつくものである。

いずれもが「反原発」の本である。

ここで私は、ひと言だけいいたい。

「こんなコトを書くヒマがあったら、福井県の若狭地方に、二、三年、否、一年でもいいから住んでみろ!!」と。

これは、関西電力の重役サンというか経営者にも言いたい。

原発の安全性をテレビで喋りまくるよりも、重役宿舎を若狭地方に建てて、そこに定住してもらいたいものである。

裏日本(失礼・日本海側)に、十五基もの原発をつくって、重役たちは皆京阪神の「表日本」で、快適に暮らしている。

㉒ 原発銀座の裏通り 関電の重役サンも来て!!

芦屋辺りの超高級住宅街に、ノホホンと暮らして超高給取り――では、「そりゃ聞えませぬ伝兵衛サマ」と、言いたいのである。

小泉元総理大臣は「原発なんて全部ヤメ」と放言したが、それをマスコミは完全に無視した。どうしてなのだろう。

鹿児島の川内原発以外は全部止っているのに、電力不足を聞いたことがない。停電になどなったことは、一度も無い。

原発の電力は何処に必要なのか。何も彼も解らないことばかりなのである。

小泉元首相の「原発なんて全部ヤメ」という放言に、マスコミさんが飛びつかなかったのは、電力業界と経産省の〝背後の力によるもの〟と、私は邪推している。

私自身も四十年近く、「地方マスコミ」に在住したが、電力業界の「背後の力」は、凄いものである。

某月某日。関西電力が若狭地方に「原発」を創りたがっている――という新聞記事を読んで、大阪の関電本社に取材に行ったことがある。取材を終えて帰ろうとすると「包み金」をくれた。県庁の広報課に電話をすると「そんなハシタ金、返して来い」。言われた通りにしたら、後日、関電本社から県の広報課に来、広報課から私へ――と重役さんが訪ねてきて、ウン十倍の包み金が届いたことがあった。「ああ、なるほど、こういう仕掛けになっているのか」と、悪ガキ商法的に納得したことがある。世の中は持ちつ持たれつ。私ごとき小人がいくらワメイても世の中何の変化もない。長いものには巻かれているほうが、楽である。

㉓ 岩橋邦枝『月の光』で老女の性を描く

岩橋邦枝については、何度か書いている。

「老女の性を読む」とのタイトルで「日本海作家」一五四号（平成十六年六月）に連載。それを『女流作家が描く女の性』と題する単行本に収録している。（平成二十年九月・渓声出版）

この本では、俵万智、円地文子、瀬戸内晴美――などなど七人の女流作家を論じているのだが、私は、岩橋邦枝の作品が、特に、好きである。

「女流文学は、いや女流の小説は、物語に具体性があり、大説でなくて小説なので解りがい い。襟を正す必要がない」とも、先には書いているが、全く、その通りで、岩橋邦枝の作品は大説ではなくて小説なのである。

特に『月の光』の主人公吉沢信子は、六十半ばの〝老女〟なのである。

この作品の特質は、主人公吉沢信子の来歴に、作者自身を思わせる女子大生時代をないまぜて、私小説的な手法を駆使することで、作品に強いリアリティを与えていること。

読者が、作中の信子と、作者岩橋邦枝とを、混同して読むことを計算に入れて、仕組んだのである。うまいやり方である。

『月の光』の男たちは、いずれも体臭がない。影が薄い。信子が生彩があるのに比べて、男たちは幻《まぼろし》の如く匂いがしないのである。

生活力があって、都会の黄塵《じん》の中で逞しく生きている信子に対して、男たちは皆、癌とか脳内出血とか、この世をリタイア寸前なのも、この作品の特色の一つである。

女は逞しく生き伸び、男は人生をリタイアしている。先に逝った男たちへの哀惜の詩、鎮魂の書の変形版なのかも知れない。

そういえば、信子の男たちへの眼は、突き放してはいるが冷たくはない。底流には、温かい思いが流れている。

女子大時代の友人も、クラス会とか祝賀会の連絡とかで、都合よく出し入れされる。

これでは『月の光』の紹介書評みたいなってしまったので、岩橋邦枝について書く。『作家・小説家人名事典』によると、

〈岩橋邦枝は昭和九年十月十日広島県の生れ。本名根本邦枝。お茶の水女子大学教育学部卒。学生小説コンクールで「つちくれ」が入賞。婦人公論新人賞。平林たい子文学賞。「浅

い眠り」芸術奨励新人賞。「伴侶」女流文学賞。「浮橋」新田次郎賞。「評伝。長谷川時雨」。「逆光線」などの奔放な作風で〝女慎太郎〟の異名を取る。（以下略）〉

とにかく、私は、岩橋邦枝に魅せられて読み漁ってきた。

一度などは、東京会館での文藝家協会の新年会に出たら、津村節子さんに岩橋邦枝を紹介されて、二、三分立話をしたが、何を話したか覚えていない。

新聞・雑誌などで、名を見掛けなくなって久しい。今、どうしているのだろう。

私より三つ歳下なのだから八十一歳の筈である。

㉔　阪本越郎　全詩集が意味するもの

『底本・阪本越郎全詩集』だけを見ることにする。仲間うちから「わき見運転の常習犯」と茶化されているような私であるからして、従兄弟の永井荷風、父・彰之助――に飛び火しないとも限らない。「蘋園《ひんえん》（彰之助の雅号）」と著名のある漢詩の拓本を表具して、時々、床の間に飾るくらいだから、である。

さて、『阪本越郎全詩集』であるが、六一四頁もの分厚いもの。

詩自体については、鑑賞能力ゼロだから、いきなり巻末の年譜を見た。

年譜には、その著者の全人生が書かれているからである。

何しろ越郎サンは、「いい家《うち》の子」なのである。父・彰之助は、内務官僚で、福井県知事、鹿児島県知事、名古屋市長などを経て、本庁に戻り、貴族院議員、日本赤十字社副社長等を歴任。昭和九年には枢密顧問官にまで昇りつめ、昭和十一年、越郎が三十歳の時、八十歳で死去した。

この、葬式の時のことが外児《そとご》・高見順の「人の世」に詳しく描かれている。

越郎さんは〈山形高校から東大農学部に入学。文学部に転じ、昭和五年、二十四歳の時、東大文学部心理学科を卒業〉——と年譜にはある。

詩人・越郎の経路としては、東大時代に、百田宗治の「椎の本」に参加。伊藤整、春山行夫、丸山薫、三好達治などと知る。室生犀星、萩原朔太郎らをも知る。

つまり、詩人・阪本越郎の誕生である。

昭和三年。二十二歳の時「信天翁」の同人となり、詩「夜来の雪」、評論「詩人に就て語る」を第二次「椎の木」に発表とある。

そこで「夜来の雪」を探したが、載ってはいなかった。

この全集の一頁目に載っているのは、『雲の衣裳』のタイトル中の「詩人の手」という散文詩であった。

〈この手は時に見ることが出来る。青褪めて痩《や》せてゐる手、綱のやうな青い紐《ひも》が目だってゐる。このコードの中を電気が行つたり来たりしてゐる。彼は死んだ言葉を生かした。彼はそれをランプの下の道を歩かせた。それは外気に合ふと化石した（以下略）〉というもので、私には、いいも悪いも解らない。

親友の広部英一でも生存してれば、彼に教えてもらうところだが、それもかなわない。

私は、詩は、「船室」みたいに組まれたもの、と思い込んでいるので、長〜い文章は、散文としか読めないのである。

阪本越郎は文部官僚として四十九歳の時、お茶の水女子大教授になり、視聴覚教育、心理学、児童文化を講ずる。

村野四郎の「編集後記」を含めて六一四頁もの大冊なのだが、私には読みこなすことが出来なかった。宝の持ち腐れ――とでも云う他はない。

㉕ 阪本若葉子　萬斎坊やの母親として

阪本若葉子さんに会ったのは、いつだったか。確か、北鎌倉の高見順宅だったと思う。
高見秋子夫人は、高見順ゆかりの編集者などを北鎌倉の自宅に訪《まね》いてご馳走していた。
高見順を偲ぶ会とでも言うべきか。そこに私や若葉子さんも同席していたものと思う。
その後、若葉子さんからドサッ！　と本が届いた。

『詩集・窓の中から』　花神社
『少しずつ違うソナタ』　花神社
『どうするマックス？』　思潮社
『おまえ28』　思潮社

の四点は、いずれも自費出版であろう。
それとは別に、父・阪本越郎の本もあった。

『定本・阪本越郎全詩集』　弥生書房（六八〇〇円）
『現代詩人論「わが途上の花」』　広芸広場叢書2
『文芸広場・阪本越郎先生追悼号・九月号』（昭和四十四年九月号）

の三点である。

合計七点の著書というか、詩集と雑誌が届いたので、ビックリした。

それから何年経ったか。今となってはさだかではないが、北鎌倉の高見秋子夫人から、

「今度、野村万作さんが福井に公演に行くので、その時、ついて行って高見さんの文学碑を見たいわ、と若葉子さんが言ってるから、サカモト君、案内してあげてよ」

⑮　阪本若葉子　萬斎坊やの母親として

ここから先は野村萬斎で既に書いた通りである。著書が、ドサッ！　と届いたのは、萬斎さんを三国海水浴場へ連れて行ったあとかも知れない。

雑誌好きの私でも「文芸広場」は取っていなかったので、「阪本越郎先生追悼号」には驚いた。目次面をみると、西脇順三郎、村野四郎、伊藤信吉、浜田広介、波多野完治、川口敏男——の六氏の弔辞をはじめ、

噫、阪本越郎君　福田清人
ああ越山道機居士　木俣修
良家の詩人　越郎氏　中村草田男
二夜、阪本君と同室で　大久保泰
阪本越郎さんは生きている　高橋眞照

阪本君を悼む　　　　　　　原元助
三十三年間の歳月　　　　　坂本美登里
旅立ち　　　　　　　　　　野村若葉子

などが追悼文を書いており、「阪本越郎先生年譜」「阪本越郎論――米倉巌の評論まで、至れり偉くせり――」年譜には〈明治三十九年一月二十一日父彭之助母きうの次男として福井市宝永中町の知事官舎に生れる〉――そして高見順は明治四十年二月十八日三国町に、彭之助の愛人？　コヨさんの子として生れるのである。

㉖『「内向の世代」論』もっと外を見て頑張って!!

古屋健三の『「内向の世代」論』――を、再読した。一九九八年七月に初版が発行されたもので、十七年前の本である。

中身は作家論で、阿部昭、坂上弘、古井由吉、後藤明生、黒井千次、高井有一、大庭みな子、富岡多恵子、上田三四二、小川国夫――など十人の「作家論」を集めて、『「内向の世代」論』、としたものである。

㉖『「内向の世代」論』もっと外を見て頑張って!!

巻頭に「内向の世代とはなにか」と題する長い〝まえがき〟みたいなものがあるから、それを精読する。発売直後にも精読したものとみえて、赤線だらけである。

〈「内向の世代」は、文学史的には、第一次戦後派、大岡昇平、三島由紀夫の戦後第二世代、第三の新人、大江健三郎、石原慎太郎の生活派世代、高橋和巳、柴田翔のわれらの文学世代につづく、戦後六番めの文学世代といわれているが、ふつう一般的には、これら戦後六世代のうち、第一次戦後派、第三の新人、内向の世代の三世代が、世代として難なく適用しているように思える〉

と「内向の世代」を定義している。

そして、さきにあげた十人の作家たちが、〝内向の世代を代表している〟と論を進めるのである。

〈もちろん、武田泰淳にも三島由紀夫にも大岡昇平にも、心的異常なものはあります。しかし、それを全面的なかたちで出してきたのは内向の世代でしょう〉

と結論づけている。

それはともかく「内向の世代」として古屋健三があげている十人の作家たちを、私は読んできたが、いずれもが内面的で面白くなかった。私が好きだったのは、高井有一と大庭みな子と上田三四二ぐらいなものだったか。

この三人の本は、ズラリと並んでいることでも、それは判る。

古井由吉も、後藤明生も、黒井千次も読んではきたが、その魅力に嵌まることは無かった。お勉強のために読んできたのである。

それに「内向の世代」の人たちは、日常生活というか、文士生活とでも言うのか、「第三の新人」と呼ばれる吉行淳之介たちのように、マスコミのゴシップになる文士は、一人も居なかったのも「内向」だからか。

従って、作品に面白味がない。ストーリー性もない。

私は、作家とは、「根も葉もある嘘八百」を描き出す商売だと思っているので、自己の内面を掘り下げて、事実らしく描かれても「ああ、そうですか」どまりになってしまうのである。

私にとっては「内向の世代」よりも「第三の新人」たちの「小説」の方が、魅力的だったのである。

それでも、本だけは買ってあるのだから、気になる作家たちではあったのだろう。

本は、買ってツンドクだけの私でも、ツンドクだけでも、良しとするか。

㉗『近代日本総合年表』事典辞典はいろいろ

この本は、「世界」編集長の海老原義光氏から頂いたものである。福井県立図書館がやった「高見順文学展」のテープカットの日に、高見秋子夫人のお伴で、妻女同伴で福井に来た。

その時、観光見物の道案内をした「お礼」に送ってくれたのである。他に、石川淳の『至福千年』（岩波書店）と『江戸文学掌記』（新潮社）の二冊で合計三冊の本を送ってくれた。

海老原義光氏は、その後、何冊かの単行本を出しており、その都度、贈呈されたが、書庫を探したが、見当らない。

しかし、『近代日本総合年表』は、私如きローカル文士（公民館スターとも）にとっては、本当に参考になり、有難い本なのである。

何かを書き連らねて、はて、あれはどうだったか、と行き詰った時、この本を繰ると書いていないことまでもが見えてきて、その先を、すらすらと書き続けられるのである。

「年表」には、版元とか、書き手・編集者のクセがあつて、これを一〇〇%信じる訳にはいかないが、参考にはなる。

手近なところには『昭和史年表』（小学館）、『日本文学名作事典』（三省堂）、『お金でわかる世界の事件史』（イーストプレス）、『作家・小説家人名事典』（紀伊國屋書店）、『昭和史事典一九二三―一九八三』（昭和史研究会編・講談社）――などがある。

書庫に入って調べたら――

①『世界大百科事典』（全二十四巻　平凡社）
②『日本近代文学大事典』（六巻　講談社）
③『日本国語大辞典』（全二十巻　小学館）
④『世界文学小辞典』（新潮社）
⑤『辞　林』（三省堂）
⑥『朝日・日本歴史人物大辞典』（朝日新聞社）
⑦『辞　苑』（岩波書店）
⑧『新潮・日本文学辞典』（新潮社）
⑨『現代女性文学辞典』（東京堂出版）
⑩『日本近代文学大事典・机上版』（講談社）

と、十種類もあった。読んだことは一度もない。

岩波版の「辞苑」だけは、時々お世話になるが、他は、書棚でホコリをかぶっている。

しかし、年表と辞典・事典とかは、手近に置いておくと、それだけで安心なのである。老後の「生命保険」みたいなもので、辞典・事典を並べておけば「何物をも、こわくない」という気分になれるのである。

よく「学者先生」が、国会図書館へ調べに行ったとか、調べてきたとかと、手柄顔に書いているのを読むと、私は〝専門書ぐらいは自分で買え！〟——と、どなりたくなる。

海老原さんにもらった『近代日本総合年表』について書くつもりが、「辞典事典自慢《じてんじてんじまん》」になってしまったから、終りにする。

㉘　正津勉　詩人ではめしが喰えない

福井県大野出身という〝正津勉〟には、勝手に好意をもっている。

新聞記事などで、〝正津勉〟とあると、まるで知人の如く、親しみをもって読むのである。

その正津勉の『詩人の死』である。

帯には「自死、窮死、不明死、戦死、病死……。北村透谷から寺山修司まで、道なかばで生を終えた夭折《ようせつ》の詩人十七＋一名。その作品と死の行方を探るシリーズ第一弾」——とある。

目次を見ると①北村透谷、②石川啄木、③山村暮鳥、④大手拓次、⑥宮沢賢治——と写していったらキリがない。私の好きな詩人ばかりである。

特に、北村透谷、石川啄木、小熊秀雄、金子みすゞ、中原中也、立原道造、伊東静雄——などなどは、若年の頃、精読してきた。

不明不審な点があると、親友の故・広部英一クンに教えてもらったこともある。

啄木に至っては、夏休み一ヵ月、盛岡を経て北海道一周したほどに、嵌った。

　しらじらと氷かがやき／千鳥なく／釧路の海の冬の月かな

私が北海道を廻ったのは、六月だったので〝氷〟はかがやいてはいなかったが、「ああ、この海を見て、東京へ行きたかったのか」と、ぐらいは、思いをはせた。

　呼吸《いき》すれば／胸の中にて鳴る音あり／凩《こがらし》よりもさびしきその音！

私も、二十一、二の時「肺結核」で二年近くの入院生活をしたので、この「呼吸すれば／胸の中にて鳴る音あり——」には、ジーンときた。

啄木に嵌ったのである。後年、筑摩書房版の八巻全集まで買って、今も書棚に並んでいる。金子みすゞ、中原中也、立原道造——。

正津勉という詩人は、好みが私とピッタリなのである。

ちなみに奥付頁の著者略歴をみると、

〈一九四五年福井県生れ。一九七二年『惨事』でデビュー。代表的な詩集に『正津勉詩集』『死ノ歌』『遊山』がある他、小説『笑いかわせみ』『小説尾形亀之助』『河童芋銭 小説小川芋銭』エッセイ『詩人の愛』『脱力の人』など。近著に『詩集・嬉遊曲』エッセイ『人はなぜ山を詠うのか』『行き暮れて、山。』『山川草木』『山に遊ぶ山を想う』『忘れられた俳人・河東碧梧桐』『「はみ出し者」たちへの鎮魂歌』〉

などとある。詩人なのか、文芸評論家なのか。〝詩人〟では喰われないので、「詩人という肩書」を使って、散文で稼ぐのか。〝詩人〟という職業はないのである。

私の周辺にも、何人かの「詩人」がいるが、職業は学校の先生が多いのは、何故か。

㉙『龍馬の言葉』日本を今一度洗濯いたし申し候

カヴァーには〈明治維新に次ぐ変革の時・今こそ龍馬に学べ!!——姉・乙女、桂小五郎、陸奥宗光への手紙や妻・お龍、岩崎弥太郎、勝海舟の回想から、龍馬の肉声がよみがえる〉とあって、著者は「坂本優二」とある。

これも「龍馬の末裔」かと思って著者略歴を見たら、そんなことは書いてなかった。

〝まえがきにかえて〟によると、

〈坂本家はこの土佐藩の郷士という低い身分でしたが、本家の才谷屋という商売の屋号で生れ育った彼は、幼いころから商業的感覚を身につけます〉

とあったので、「我れを為たり」と思った。龍馬のいいところは「他者をくどき落す才覚」だと、私（坂本）は想っているからである。

その最たるものが「薩長連合」である。

倒幕では同じ志なのに、サツマとチョーシューは、先制争いの故か、ことごとに対立した。それを龍馬は、手を結ばせたのである。

それにしても「日本を今一度洗濯いたし申し候」とは、よくも言ったものである。

私ごときは、カミさん一人さえ洗濯できずどころか、六十余年も同居していたら、いつの間にか、コッチの方が、洗濯されてしまっているようだ。

食い物の味加減などは、金沢育ちの同居人にすっかり洗濯されてしまった。

〝まえがき〟の次の頁には「坂本龍馬主要人物関係図」という見開き二頁の顔写真頁があって、そこには、陸奥宗光、中岡慎太郎、岩崎弥太郎、後藤象二郎、板垣退助、お登勢、妻・お龍、佐久間象山、勝海舟、西郷隆盛、横井小楠、由利公正――などなどが写っている。

幕末の歴史に、ホンノ少しでも関心のある者にとっては、お馴染の「名前」である。

福井市に住む者にとって「松平春岳」の名が無いのは残念。龍馬は、福井（越前藩）に来て、松平春岳から軍資金をせびって行ったのだから、討幕運動の助けになった筈なのに――。

帰りに、京都で芸者遊びをして、浪費してしまったのかも知れない。

私が、龍馬が好きなのは、龍馬は助平で、女遊びが大好きだったこともある。

「龍馬の人生観」という項には、

★人というものは短気してめったに死ぬものでなし。

★人間一生、実になお夢の如しと疑う。

★命は天にあり、殺さるればそれまでのこと。

★一戦争済めば山中へはいって安楽に暮らすつもり。

などが目を引いたが「山中へはいって安楽に」どころか、新撰組に狙われて、京都でバッサリやられてしまったのである。

明治維新後、龍馬が生きていたら、日本はどうなったか。〝洗濯〟して、もっといい日本になっていたかも。

――〝修羅〟に生きた龍馬の偉大さが読みとれる本である。

㉚ 坂本満津夫　私にとっての八月十五日

私にとっての昭和二十年八月十五日とは、どんな日であったか。一体、なんであったか。さだかには思い出せない。

東京（三月）と宇都宮（七月）で二度空襲で焼かれたとは、別項で書いたが、平成二十七年の今日、「八月十五日」と言っても「そりゃ何や、旧盆の中日《なかび》ってことか？」ぐらいなものであろう。

昭和六年生れの私は、八十四歳の老翁になっても、中学二年生の夏休み中に、日本が大東亜戦争（戦中はこういった）に敗けた日のことは覚えている。

今は、「終戦記念日」とか言って式典をやっているが、正しくは「敗戦記念日」なのである。

戦中育ちで「鬼畜米英」「欲しがりません勝つまでは」で教育された私たちには、そんな軽いものではない。

昭和二十年三月九・十日の東京大空襲で、東京市芝区浜松町の家を焼かれた。

セイソウケンをB29がゴーン、ガウーンと飛び、ダグラス戦闘機が低空飛行で、ダダダダ――と機銃掃射をかけてくる中で育った中学二年生なのである。

この辺のことを『現代日本総合年表』（岩波書店刊）で調べてみると「三月九日、B29、東京を大空襲。江東地区全滅二十三万戸焼失。死者十二万。三月十四日大阪を空襲十三万戸焼失。五月二十四日・二十五日宮城全焼のほか東京都区内の大半焼失。三月十六日、首相小磯国昭、天皇の特旨により大本営に列する」――とある。敗戦の用意である。

昭和二十年八月十五日は、朝から晴れ渡って、熱い日であった。宇都宮の田舎では、旧盆の中日《なかび》である。

その日は、B29のゴーン・ガアーンという音もせず、十二時には玉音放送があるとかで、大人たちはラジオの前に正座していた。

隣の親友がきて、

「日本敗けたったんでよ。マッチャン水浴《みずあび》に行こう」

「うん、行こう行こう」

近くの鬼怒川へ泳ぎに行ったのである。その時のことだけは、七十年を経た今でも、よーく覚えている。

宇都宮には、陸軍師団、飛行場、中島飛行機工場（現富士重工）などがあったので、アメリカに狙われたのだ。——とは、大人たちが話していたことである。

東京と同じく、Ｂ29で爆弾のあとは、ダグラス戦闘機がダダダダダ。それがピタリとやんだのである。中学二年生にとっては「日本敗けたんだってよ」で済むが、それでも八月十五日が来ると、心の奥底の方で胸騒ぎがするのは、何故だろうか。老残の身に問いただしてみたいのである。

「文芸復興」三十一号（二〇一五年十一月十二日発行）掲載

随時随感　三〇章　㈡

① 堀江朋子『柔道一如』の人生

堀江朋子氏から『柔道一如』が届いた。サブタイトルに「柔道家・高木喜代市とその周辺」とあって、柔道家高木喜代市の評伝的な作品と知れる。

オビには〈講道館柔道の創立者・嘉納治五郎。姿三四郎のモデルとなった西郷四郎ら伝説の四天王。戦時下東條英機暗殺を謀った牛島辰熊、木村政彦。西欧の巨人に立ち向かった神永昭夫等々。時代の波を被り共に生きた講道館史はそのまま日本近代史でもある。そのうねりの底で揺るがぬ礎石となり続けた高木喜代市とは……〉とある。

私は、寡聞にして「高木喜代市」という名は初めて見る名だが、柔道家の世界では知名人なのだろう。

頁をめくると、まず、晩年の高木喜代市の上半身の写真がある。下には、喜代市の次男高木志行に対して〈道場幹事を命ず。昭和四十六年一月十日、講道館長、嘉納履正〉――と辞令が写っている。またまくると、エライ人が七人並んでいる。写真説明には〈平成二十一年一月講道館鏡開きの時、左より長谷川博之九段、松下三郎九段、醍醐敏郎十段、嘉納行光講道館館長、安倍一郎十段、大沢慶巳《よしみ》十段、西岡弘九段〉とある。

さらにめくると、ヒゲの老爺がいて、そこには〈仙台二高（現東北大学）へ柔道師範として赴任した高木喜代市を訪ねた嘉納治五郎。一九二三年（大正十二年）頃（写真提供　高木志行氏）〉。

さて、本文である。

序　章　巣鴨プリズンの寄せ書き
第一章　高木喜代市の柔道と生涯
第二章　柔道（柔術）・三つの流れ
終　章　巣鴨プリズン慰問その後と高木喜代市が目指した柔道

の、四章から成っている。

小見出しの中では、私は、「桃中軒雲右衛門と大日本武徳会——喜代市の選択」に魅かれた。浪曲好きの私は、「桃中軒雲右衛門」の名だけは、知っていたからである。

〈当時、京都は浪曲が大ブームで、方々で、勝ち抜き浪曲大会が開かれていた。張りのある美声の持主だった喜代市は、中学時代から浪曲に興味を持ち、当代随一の人気者桃中軒雲右衛門が憧れの的だった〉

ウッー、ナニッ？　雲右衛門に憧れた？　そんならオレと同じなんだ――と、ここまで読んだら、この本が好きになってしまった。

私も少年の頃、祖母が蓄音機で聞いていた浪花節が好きになってしまい、広沢虎造の「清水の次郎長」、寿々木米若の「佐渡情話」などは、八十四歳の今日でも、心に残っている。「佐渡へ佐渡へと草木もなびくよ、佐渡は居よいか住みよいか――」と、ウナリ出すと、心がはずんできた。〝浪花節的感激音痴〟の原点は、ここだったかも知れない。

横町への深入りは私の習性である。

②　白石かずこ　自由奔放な外向性

白石かずこの詩集『現れるものたちをして』の扉には「坂本満津夫様　一九七七年三月十九日　高見順賞授賞式にて　白石かずこ」と、ペンで大書してあり、奥付頁には新聞記事が三点貼ってあった。

『黒い羊の物語』（一九九六年、人文書院刊）の扉には「白石かずこ」と赤い毛筆で署名がしてあるから、高見順賞の授賞式でもらったのかも知れない。

私は詩が全く解らない。朔太郎や犀星ぐらいまでは解ったつもりでいるが、現代詩となると全く解らない。広部英一は解ったつもりでいるが、現代詩作家という一肩書のある荒川洋治となると、サッパリ解らない。解ろうともしない。

そういう私が、時々、詩集にブチ当るのは「高見順賞の故」である。高見順賞の受賞パーティーに出席すると、周辺は詩人だらけである。三百人ほどもいただろうか。出席者の八、九割は詩人と詩人予備軍で、一割か二割が文芸雑誌の編集者であった。「群像」の大久保房男さん。「新潮」の田辺孝治さん。「文藝春秋」の半藤一利さん。「世界」の海老原義光さん――たちと、知り合ったのは、高見順賞のパーティーだったと思う。そして、北鎌倉の高見家での雑談会で、グッーと親しくなった。

それよりも、今回は「白石かずこ」である。

プロローグ・茶色の季節

詩の夜明け、モダニズム「VOU」の頃　五〇年代

ビート、ジャズ、男根詩人の時代　六〇年代

聖なる淫者の旅はじまる　七〇年代

人種、くに、芸術のボーダーをこえる旅　八〇年代

ふたたびユリシーズ　九〇年代

エピローグ

と、章分けを写しても意味がない。十行ぐらいの「詩」を、まくらにふって、あとは長〜い散文なのである。

詩の解説なのか。詩論の展開なのか。は、解らない。略歴を写す。

〈一九三一年、カナダ・ヴァンクーヴァー生れ。早稲田大学文学部卒業。十七才の頃から北園克衛の「VOU」に参加。一九五一年に第一詩集「卵の降る街」を出す。代表詩集に「聖なる淫者の季節」(H氏賞受賞)「一艘のカヌー、未来へ戻る」(無限賞)「砂族」(歴程賞)「ひらひら、運ばれてゆくもの」エッセイ集に「アメリカン・ブラック・ジャーニー」「ロバにのり、杜甫の村へゆく」など。その作品は数か国語に翻訳。一九七三年にアメリカアイオワの国際創作プログラムへ招かれて以来、国際詩祭や国際シンポジウムなどで世界数十か国以上を訪れ、海外でも広く活躍を続ける〉

②　白石かずこ　自由奔放な外向性

白石さんの著書は、この二点しかないが、「境界越える果敢な外向性」「自由奔放、独自の活動」「マヨルカの海辺」(二〇〇九年八月二十一日・県民福井)などスクラップ三点が貼ってあった。そこには顔写真もあった。

③ 吉原幸子『オンディーヌ』で高見順賞

吉原幸子詩集『オンディーヌ』が、第四回高見順賞を受賞した。一九七五年度というから、昭和四十九年で、三十五年も前である。この時の授賞式とパーティーは、神楽坂の出版会館であった。授賞式へ初めて招待された時のことだから、よく覚えている。

その次から「赤坂プリンスホテル」になり、今は飯田橋の「ホテルエドモンド」に変った。詩人・吉原幸子は新劇女優で、背がスラッーと高くて、物凄い美人であった。それとその頃、私が取っていた「財界」の編集者だったことを覚えている。

だから、「財界」社長の三鬼陽之助が祝辞を喋ったのが、その場の雰囲気には、全くの不似合であったことも、今でも覚えている。

それはともかく、平成十四年十二月五日の吉原幸子の「死亡記事」を、左に写す。

〈吉原幸子さん（詩人）十一月二十八日午後二時二十分、肺炎のため、東京都千代田区の病院で死去。七十歳。東京都出身。自宅は東京都新宿区百人町一の一の二十一。葬儀は近親者のみで済ませ、後日「しのぶ会」を開く。喪主は長男純氏。

東大仏文科卒。詩集『幼年連祷』で室生犀星賞。

『オンディーヌ』『昼顔』で高見順賞。

『発光』で、萩原朔太郎賞。

詩人の新川和江さんと雑誌「現代詩ラメール」を創刊し、多くの女性詩人に発表の場を提供した。（平成十四年十二月三日）〉

とあるが、紙名不詳。

もう一つ。スクラップがはってあって、それは「女たちの涙を辿って……吉原幸子」というタイトルで、少し長目のエッセイである。（これも誌名不詳）これは、こう書き出される。

〈アルコールばかり嗜むほうだし、夜と昼をとり違えたような生活をしているので、一見ずぼらだと思われても仕方がないが、実はたいへんマジメでリチギな人間なのである。

原稿の締切に遅れるとしてもせいぜい一日か二日だし、たとえばエイプリル・フールで人をかついだとしても、『……なーんてウソよ』と相手に告白してしまうまで一分ともたない、というタイプ。そんな私が、今度のこの仕事『女たちの恋歌しばかりは、引き受けてから二年——いや三年がかりでやっと完成』、という仕儀になってしまった〉

結局、ワルぶってみせても、結局はマジメ人間——ということが見えてくるエッセイなのである。

③　吉原幸子『オンディーヌ』で高見順賞

『オンディーヌ』の高見順賞授賞式のパーティーで、雑談ぐらいはした筈だが、何しろ三十五年も前のことである。ボケ老人の当方は全部わすれてしまった。「あぢさゐいろのかほをして、あなたが死ぬとき、わたしは手をのばす」（頬）と書き出されると、詩人はやっぱり解らない——ということになる。

④　新藤涼子　薔薇を踏んだらダメよ

小田切進との初対面は、この新藤涼子の高見順賞授賞式の会場だと解った。

昭和六十一年三月十五日に、赤坂プリンスホテルで、第十六回高見順賞の授賞式とパーティーがあった。

そこで、受賞者の新藤涼子と、岡田隆彦、ゲスト出席の小田切進などを、高見秋子夫人から紹介されたのである。

その受賞作は『薔薇ふみ』で、この詩集の扉には「坂本満津夫様、新藤涼子」——と署名がしてあった。

その他に『新藤涼子詩集』思潮社の『現代詩文庫95』と『新藤涼子短編集・薔薇の日々』と、三点の詩集に、いずれも署名してあった。

④　新藤涼子　薔薇を踏んだらダメよ

奥付頁には、「九山薫賞・新藤涼子さん」——という新聞記事や、私への手紙もはってあった。

私への手紙には、

〈あの快晴に恵まれた三国の美しさは何だったのでしょう。

こちら熱海の海は、どんより灰色で海も水平線も一つになって、まっすぐの壁を見ているような心地がしてきます〉

と書き出されて、便箋三枚に、思いのたけを書いてくれた。

〈東尋坊や望洋楼で夕陽を眺めたことなど、忘れられない思い出ができました〉

「薔薇ふみ」のオビには中村真一郎が、こう書いている。

〈燃える薔薇の形をした詩人の魂が、いま、この世とあの世とに架けられた高い虹の橋をわたって行く。そして無明の風にあおられて、哀切な声を立てる。その声は私たちの耳もとに立ち返ってくる時、長い時間の織りこまれた悲歌となって響くのだ。リョーコ！　と〉

そして、裏には、渋沢孝輔の推薦文がのっている。

諸作品を一編だけ選ぶと、

薔薇
夜がつくった
世界の正午のなかで
からだがふるえる　すべてをゆらして
薔薇が咲きでるとき
空気が裂けてゆくように
しずかに

それから目がひらいていった

私には、詩の鑑賞能力はゼロなので、親友の広部英一に教えてもらいたいが、今は亡い。十回忌も過ぎた。

とにかく、新藤涼子さんとは、「荒磯忌」ゲスト講師として、三国町に来られた時に、一度会ったきりで、その後は音信不通だが、帰京してすぐ、こうして三点の詩集に署名して、送ってくれたのだから、好感をもってくれたのだろう。

いずれにしても、遠い音のことである。

⑤　俵万智『サラダ記念日』は百年に一度

この本については、既に何度か書いている。地方紙のコラムやら、同人誌の書評やら、テレビで喋ったり、ローカル文士としては、県立図書館からの助言者として「公民館スター」的存在だった頃、よく喋って廻ったものである。

私にとっては、高見順は別格として棚に上げ、中野重治の『梨の花』と俵万智の『サラダ記念日』は、地方講演のよきテーマであった。

それはともかく、今度、あらためて読み直してみることにする。

現物を出したら、奥付頁に例によって、沢山の記事が貼ってあった。

ふくい文化・サンケイ新聞・昭和六十二年六月二十三日付。福井新聞の昭和六十二年六月二十五日付には「サラダ短歌・爆発的ブーム・発売以来二十八万部。福井出身・俵万智さんの著作」――と六段見出しで〈ベストセラー、歌人だなんて、カンチューハイ、一冊で、言われてしまっていいの〉。読売新聞（六十二年六月十八日付）には〈「嫁さんになれよ」だなんてカンチューハイ二本で言ってしまっていいの。新風起した〝サラダ短歌〟処女作が十万部・高校教師二十四歳の俵万智さん。ふるさとブラリ、売れっ子、異常なひと時〉。

それに新聞広告。〈サラダ記念日・百万部に迫る。空前のベストセラー大増刷出来。河出

書房新社〉（朝日新聞、一九八七年七月二十七日）。

もう一枚は〈爆発的人気、与謝野晶子以来の、歌壇の若き革命児。驚きと深い共感を呼び、たちまち二十八万部突破。ベストセラー全国独走中〉

〈☆男というボトルをキープすることの、期限が切れて、今日は快晴〉

もう一枚、福井新聞の大きなのがあった。

〈自然体で愛の歌、日常から発信。俵万智さんインタビュー、定形・武器に、わが道を〉、との見出しで、顔写真が四枚ものっている。

その裏頁には村上春樹の『ノルウェイの森』の「著者に聞く」――がのっていた。

現物の中の赤ペンある作品を二、三。

☆気がつけば、君の好める花模様
　ばかり手にしている試着室
☆あいみての　のちの心の夕まぐれ
　君だけがいる風景である
☆オクサンと吾を呼ぶ屋台のおばちゃんを
　前にしばらくオクサンとなる

☆「寒いね」と話しかければ「寒いね」と、
　答える人のいるあたたかさ

こうして写して行ったらキリが無い。世間様は「与謝野晶子の再来」とホメたが、私は、日常語を短歌に昇華したという意味で、石川啄木の再来と、新聞に書いたことがある。とにかく『サラダ記念日』は、何処を読んでもズバリと来る。百年に一度の歌人であろう。

⑥ 森瑤子『情事』ですばる文学賞

例によって、巻末の奥付頁を見ると、新聞記事が、何点か貼ってあった。集英社の「出版広告」は当り前として、紙名不詳「ベストセラー診断」〝ポルノ路線で登場、森瑤子の処女作「情事」〟、「情事。女性の心の琴線描く」などがあり、オビには、「すばる文学賞受賞」とあって、黒井千次、秋山駿、田久保英夫――などの、選評要旨がのっていた。

〈夏が、終ろうとしていた。
見捨てられたような一ヵ月の休暇を終えて、秋への旅立ちを急いでいる軽井沢を断ち去ろうとしながら、レイ・ブラッドベリや、ダールの短編の中に逃げ込んで過ごした、悪夢のような夏の後半の日々を、考えている。そして、エルビス・プレスリーの突然の死をFM放送で聞いた八月の半ば、私の中で、青春の最後の輝きがまたひとつ、確かに消えていったのを、識った〉

軽井沢で夏休み、とは、優雅な人生である。

しかし、優雅な人生だけでは、小説にはならない。

版元の広告には〈一夏の愛に、女の内面を捉えた、大型新人の衝撃的デビュー作。三十三歳の夏。夕暮れが、突然、美しさを失った。もう私は若くない……。老いへの恐怖が、次第にヨーコを奔放な性へと駆り立てて行った〉——のである。

著者自身の〝あとがき〟によると、

〈このストーリーは、九カ月間、私の手元にあって、すばるの応募作品として投ぜられた。幸運にも、すばる文学賞を受け、今度、一冊の美しい本にしていただくことになった。

ストーリーが生れて、今日の日まで、私はおそらく百回は、この原稿を読み返しただろう。百回というのは、ヴァイオリン・コンチェルトを全楽章、暗譜するのと、ほぼ同じ回数である〉

――と、書いている。

軽井沢とか、ヴァイオリン・コンチェルトとか、この作者は、よほど、いい家の育ちなのだろうと思わせる。

私は若輩の頃、アルバイトにピアノの先生をしていた令嬢と交際していたことがあるが、そのピアノの先生と、「情事」の作中人物は、すっぽりと重なってくる。

作中人物は、作者の分身――というとらえ方をすれば、森瑤子サンも、いい家のお嬢サン育ち――ということになる。

「ベストセラー診断」という書評を引き合いに出したかったが、紙数がきてしまった。

黒井千次は〈愛とか情事がひたすらなものとして描かれている〉と評しているが、この世には、男と女しかいないのだから、小説としては、それは当然である。それをどう描くかである。

⑦　林京子『祭りの場』で芥川賞

昭和五十年八月六日、第一刷発行――と奥付にある。四十年前である。

林　京子

昭和五年長崎に生まれる。県立長崎高女卒業。

昭和五十年四月「祭りの場」で第十八回群像新人賞を受賞。

七月、同作品で第七十三回芥川賞を受賞。

と、カバートビラに書いてあった。そして巻末には、

〈発表年月掲載誌〉

祭りの場　　昭和五十年六月号　　「群像」

二人の墓標　　昭和五十年八月号　　「群像」

曇り日の行進　　昭和四十二年十月号　　「文藝春秋」

掲載作を改稿

この作品が、「群像」新人賞から、続けて芥川賞になったとき、文芸ジャーナリズムは、大騒ぎしたような、記憶がある。

八十過ぎの今日から見ると、文芸ジャーナリズムが大騒ぎしたのは、出版社が、裏で仕掛けた、ぐらいの察しはつくが、昭和五十年頃の私は、オボコイものであった。

「そんなら、読まなくちゃ」——という訳で、買った本は、昭和五十年八月三十日発行の「第二刷」である。

私は、第何刷かに、こだわる方で、俵万智の『サラダ記念日』が一九八七年六月二日発行の「第三刷」であることは、いまだに、こだわっている。

巻末には、新聞記事が沢山はってある。発売広告から書評――などなど。

平成二十七年十月二十九日。（木曜日）ここまで書いたら、ポストがガチャンとなったので、ポストに行くと、津村節子さんからのハガキであった。それには「福井ふるさと文学館」のことや、高見順が、新潮社同人雑誌賞や芥川賞の選考委員で、その時、津村さんは、二つの賞を受賞していることなどが、書かれていた。

⑦ 林京子『祭りの場』で芥川賞

それはともあれ、林京子である。

〈昭和二十年八月九日、長崎市に投下された原子爆弾の爆圧などを観測する、観測用ゾンデの中に、東大嵯峨根教授名あての降伏勧告書が入っていた。嵯峨根教授が米国留学時代の、三人の科学者仲間が送った勧告書である。『ヒロシマナガサキ原爆展』に掲載されている書翰には、嵯峨根教授へ、米国原子爆弾指令本部、一九四五年八月九日、嵯峨根氏米国滞在中の三人の科学者仲間より〉

これは、大変な小説である。こんな手紙があったとは、全く、知らなかった。事実は小説よりも奇なり――というが、小説もまた事実よりも奇なのである。『祭りの場』は、恐ろしい小説であった。

⑧　高橋たか子『人形愛』で水中に潜る

『人形愛』には、巻末に、新聞の書評スクラップが貼ってあった。まず、それを読む。

「ドイツロマン派的な幻想美が……」との見出しで、こう書かれている。

〈われわれはだれでも肉体によって隔てられている。肉体の輪郭がわれわれ各人を孤独にしている。

しかし、水中へ潜るように、両手でかきわけて自分の肉体の輪郭の内部へ強引にはいりこめばどうか。そうすれば、その中は単なる中ではなくて、広く無限なのだわ。それが実の世界よ、と「秘儀」の話者〝私〟は言う〉

作品がムズカシイのかどうか。この書評はムズカシ過ぎる。まるで「哲学書」を読まされているようである。

〈――私は玉男を待っていた。玉男は十八歳である。――このT市に私が暫く滞在するようになったのは、奇妙な感覚に導かれてのことだった。娘時代に何度か近辺にきたことはあるが、T市にきたのは今が初めてだった〉

と、書き出される。

ところで巻末の「初出掲載誌」を読むと、

人形愛　　　　群像　　　一九七六年七月号
秘儀　　　　　群像　　　一九七八年四月号
見知らぬ山　文芸展望　一九七七年冬
結晶体　　　　文藝　　　一九七六年十一月号

と、ある。ざっと四十年前である。

その頃、私は「群像」をとっていた筈だから、その時、読んでいると思うが、定かではない。記憶が、あいまいである。

⑧　高橋たか子『人形愛』で水中に潜る

「あとがき」によると——

〈三年前にカトリックの洗礼を受けた人間だというのに、こんな背徳的な小説や異端的な小説ばかり書いていて、何処かからお叱りを受けそうである〉

と、著者は書いているが、「夫の自殺によって私の頭はさえざえと澄みわたった錯乱をかかえていた。人はそういう場合、泣いたり叫んだりの狂態によって、ひととき救済されるのだろう。だが私はそうではない。錯乱の中へと沈んでいって、無数の氷のかけらのようなものを私の内部にひろげるのである」

カトリックで自殺は禁じられており、細川ガラシャ夫人も、女中に首を斬らせているのに、『人形愛』の夫は、自殺しているのである。終末は、こう結ばれている。

〈私は温室から出て、まだ花をつけていない花畑の薔薇の本に、一株一株水をやっていく。西空からまともに射す陽光が水の飛沫に金を彩色している。

　玉男

と、私は振りかえって息子を呼んだ〉

あとに、

〈髪をふりみだした亡霊のような女が立っていた〉

何が、どう『人形愛』なのか。途中を飛ばして読んでは、全く解らずに終ってしまった。私の心情には、合わない作品なのであろう。

⑨　藤堂志津子『熟れてゆく夏』の鮮烈さ

藤堂志津子は、ストーリーテーラーとして、小説づくりのうまい作家である。沢山ある作品集の中から、今回は『熟れてゆく夏』を選んだ。

タイトルだけでも、中身が透けて見えるようである。

オビのキャッチコピーによると、

〈大学生、血縁関係にある男女、富める未亡人と若きジゴロ――オスとメスとなってうごめく者たちの内部に氷結する虚無感や焦燥感を硬質な文体で掬い上げた鮮烈な作品集〉とある。

〈海沿いの街にきてから三日日、眼ざめると同時に、律子は寝台からとび降りた。足裏に深々とした絨毯が快い。頬に垂れてきた髪のあいだから昨夜洗い残していったらしい潮の匂いが流れでる。たっぷり眠ったあとの爽快夏の朝。九時半〉

と、書き出される。

ホテルに泊っている律子と、若い男紀夫を飼っている松本夫人――などが登場するが、いくら読み進んでも、律子の彼氏が出てこない。

松本夫人の彼氏・紀夫と出来上がるのだと思うが、七十四頁まで進んでも、それらしくはならないので、イライラしてしまった。

〈「男と女のことってほんとに難しいですわねえ。どちらが良い悪いなんて、こればかりは決めつけられませんもの」

律子が沢井とのいきさつを打ちあけたとき、夫人は何かを憶い出したようにただしんみりとこう呟いただけだった〉

松本夫人と紀夫、律子と沢井――という二組の男女という、単純な関係ではなくて、それそれが、内面では乱れ、入り組んでいる所に、この作品の肝所はあるのか。

何しろ六十三頁から一五八頁までの、長編小説なのである。単純なストーリーでは、読者を魅きつけられないからでもあるのか。

創り手の身になって読んだのでは、クソ面白くもないので、読者の視点にこだわって、読むことにする。

〈……あなたのそのしたたかさ、ほんと惚ればれするわ。また、あなたが沢井氏にまだ未練があるとしたら、それは単に性的なこと、あなた自身、気がついてるでしょうけれど、でも、それは別に彼でなくたっていいはずよ。

あたくしがそれを実証してあげる。夫人の指先はあっというまに律子の叢へとすべりおちていた。その指をえて、律子ははじめて自分の肉体がすでに充分に、いや過剰なくらいに溶けだしているのを知った〉

と、続くのであるが、女同志のオナニーとはこういうものなのか。男の私には驚くことばかりである。女流作家が、女の性欲を描くと、凄過ぎて、男の読者の私はビックリである。

⑩　高樹のぶ子　中年男女の凄い情事

高樹のぶ子コーナーから『透光の樹』を出して、頁をパラパラとめくったら、書き込みだらけ、赤線だらけであった。「日本海作家」にでも書いたのか、とにかく、精読していることが解った。

〈白山を源に、加賀平野を流れ下って日本海へと注ぐ手取川が、左右に迫る山肌からするりと解き放たれて、陽光のもとでのびやかに両手を広げながら流域を大きくするのが、鶴来町だ。北陸鉄道石川線の加賀一の宮駅は、この町のほぼ真中にある。畑の中を走る単線を電車で三十分も北上すれば、金沢の犀川に近い野町駅に着くし、いまや車でも二十分の近さ、このところは金沢のベットタウンとして人口を増やしているけれど、かつては白山への登り口として、また白山信仰の拠点として栄えた町だった。

鶴が来る、風切り羽根の音でも聞こえそうな町名は、白山をめぐる神話や民話が数多く残されている土地だけに……〉

こうして、主人公たちが出逢う「鶴来町」が描かれていく。

私は若年の頃、ある女と不倫同士の情事で、一時でも早く地元を離れたい――との思いから勝山を経て石川県へ。この作品とは逆に手取川を下って「鶴来町の料亭」へ、彼女が運転するクルマで辿り着いたものである。

その料亭は、道ならぬアベックの扱いに慣れていて、いつも、渡り廊下を渡った三階の、片隅の部屋に案内してくれた。

そこからは「白山」が、一望できた。

しかし、この小説は、そんな幸せいっぱいの作品ではない。鶴来《つるぎ》と、鶴ではなくて剣《つるぎ》、刀の剣から来ている。金剣宮の門前町として発展した歴史があり、刀剣類も作られていたのが、町の名の由来となった——ともある。

こうして、千桐と郷さんの、二人の道ならぬ恋が描かれていくのである。

この作品で、ビックリした描写が、二ヶ所ある。

一つは、彼氏と激しい戦闘が終ったあと、一人で風呂に入って、指を入れ、これは彼氏の、これは私の、と匂いを嗅ぎ分けるシーン。

もう一つは、彼氏とのデートが終って、深夜、鶴来の自宅に戻った千桐が、三階で寝ている女子中学生のわが児に、聞えない程度の声をあげて、オナニーをするシーンである。

二つとも、戦闘で満足したあとの行為なのである。このシーンを読んで私は、女ってなんて強欲なんだ——と、空恐ろしくなった記憶がある。

〈郷は四十九歳、千桐は四十四歳。四と九の数字が不思議な重なり方をした春だった〉

中年女の情事は、凄く恐ろしいものである。

⑪ 山口洋子『演歌の虫』で貢ぐ女

山口洋子と言えば、五木ひろしである。

演歌界の超大物というか、大スター歌手の五木ひろしが、福井県の敦賀市から上京して、東京・銀座のクラブのボーイになった。

その、クラブのママが山口洋子だったのである。

山口洋子の肩書きは、直木賞作家・作詞家とあるが、素は、銀座クラブのママである。

田舎のぽっと出の、二十前《はたちまえ》の少年が、クラブのボーイとして住みついた。

「よこはま・たそがれ」でデビューした前後のことは、週刊誌のゴシップで読んだことがある。

才能は才能を呼ぶのか。五木ひろしは大スター歌手として大成。山口洋子は直木賞作家として存在感を高めた。

私の書棚には、山口洋子の本が八冊並んでいた。

私が、山口洋子を読みはじめたのは、五木ひろしとのことを描いた『貢ぐ女』からである。

五木ひろしも、いい女をパトロンにしたものだと、羨ましい思いで読んだものである。

山口洋子の本は八冊もあるとさきに書いたが、そこには『東京恋物語』とか『演歌の虫』とか——そこから『演歌の虫』を引き出した。

そこには『貢ぐ女』が、載っていたからである。

〈すっかり満足しきって寝息をたてている女の傍らで、眼が冴えて眠れない男の苛々した様子が思い浮んできて、恭子はくるりと片頬をゆがめた。

で、信太郎はいくら置いていったんだろう。メモの下に二つに折ってあった一万円札を勘定してみる。一枚、二枚……五枚ある。昨夜恭子が渡した十万円のうちの半分だ。信太郎はこのホテルに前の晩から泊ったはずだから二泊分、五万円ではすまない。その不足分は、男にさんざんしたいことをしてもらって眠り呆けていた自分への罰金だと恭子は思った。

女と泊って明け方も待たずに何処とも知れず消えてしまう男も男だが、悶々と眠れぬ男を尻目に、出てゆくのもわからず安眠する女も女だ〉

二人の関係が、こう描かれていく。

作詞家・直木賞作家山口洋子と、スター歌手五木ひろし――の関係をゴシップで知りつくしているつもり――なので、どうも書きにくい。「貢ぐ女」という作品に、集中できないのである。

この作品に客観性を与えているのは「磯貝」という物解りのいい常連客の存在である。ホテルの玄関で見られると「男にでも逃げられたのか」と、恭子をからかう磯貝。「まっすぐしか行けねえのか、猪みたいな女だな。その調子で男に惚れるなよ。三十過ぎると怪我は重いぜ」と磯貝は軽口をたたく。

これが作品に客観性を与えているのだ。

⑫　中里恒子『時雨の記』は純文学長編

テレビドラマで見たか、ゴシップ記事で読んだか、当時の日本航空の社長が、鎌倉住いの女流作家に惚れ込んで、「鎌倉通い」をするのがストーリーだったと思う。

奥付頁にはってある記事広告をみると、「中里恒子著。最新刊・時雨の記。書下ろし長編」と見出しがあって、下段には、

〈はかなくも深い大人の恋。――知人の結婚式の席で社長がその昔ほのかに魅かれていた女性に再会した。この二人の激しく高潔な魂の交友を見事に描く書下ろし純文学長編〉

とある。これが発売されたのは、昭和五十二年十月。ざっと四十年前である。その時、私も四十代に入っていた筈。

これを書くために頁をめくると、一度、何処かに書いたと見えて、赤線と書き込みだらけ

である。

〈庄田は、壬生の話といふのは、ビジネスではなく、個人的なことと直感した。小学校からの仲間で、壬生の家が没落するまでは、同じ町内の一番大きい、古い屋敷であつた。

請願巡査の住んでゐる、石の門の脇の小家屋の前を通ると、巡査は、昼は出勤してゐるが、細君が庭に向つて、いつも縫物をしてゐた。子が無いせゐか、壬生の友達が出入りするたびに、じろつと見据える。押しボタンがついてゐて、あやしいと思へば、すぐ母屋へ通報する仕掛けになつてゐると、壬生が言つた。

壬生は、さふいふ家の次男で、男ばかり四人兄弟であつた〉

こんな凄い家に、生れ育った友人など、私には一人も居ない。こちらが、田舎の貧乏育ちだから、友人知人もそれに似た人たちばかりである。「請願巡査」が門番をしているなど、聞いたこともない。

とにかく、そういう生れ、育ちの人たちの世界の出来事なのである。

〈しかし、第一の印象といふものは、おそろしいわたしは堀川多江が、四十すぎて、その間にいろいろの出来ごとがあつて、身の上が変つてゐることなど、思ひもよらずに、昔のままの、蠟《ろう》のやうな頬が、ふつくらとしてゐるのを見たとき、はつと思つた。

「あのひとだ。あのひとに違ひない〉

こうして、昔からあこがれていた堀川多江への恋は、はじまるのである。

〈小さい門が開いてゐる。

山椿の花が散り敷いてゐる。

門の扉がこわれてゐて、一枚立てかけてある〉

――この家へ壬生幸之助は、通い続けることになるのである。

最終章は、愛した壬生が死去。その墓詣りを壬生の親友の庄田の手引きでするところで終っている。

〈逢ふことはなくても、もみぢは散る。時雨は降る。さあつと降るのでした。多江には松風の音も涙涙しくきこえました〉

⑬　林芙美子『放浪記』は森光子のもの？

林芙美子の『放浪記』を書こうとして全集を繰った。が、『放浪記』と言えば森光子の『放浪記』である。芸術座で二千一七回も演じたとかで、私も何度か、森光子の『放浪記』を見ている。私の東京見物は、当日は歌舞伎座の昼夜。翌日は、帝国ホテルを中心に「帝劇」「芸術座」「東京宝塚劇場」「日生劇場」などを、めぐり歩くことであった。ざっと三十五年間、毎月毎月、年に十二回×三十五年で何回になるか。教えてください。

それはともあれ、『放浪記』である。

〈北九州の或る小学校で、私はこんな歌を習つたことがあつた。

更けゆく秋の夜　旅の空の
侘《わび》しき思ひに　一人なやむ
恋ひしや古里　なつかし父母

私は宿命的に放浪者である。私は古里を持たない〉

今、これを写している本は、「日本現代文学全集」（講談社刊）の七十八巻である。何度か、書いたことがあるとみえて、赤線だらけ。書き込みだらけである。

行商人の子として育った林芙美子は――〈私は母の連れ子になつて、此の父と一緒になると、ほとんど住家と云ふものを持たないで来た。どこへ行つても木賃宿《きちんやど》である〉――という育ち方をする。

つまり放浪は、芙美子自身ではなくて、父母に連れられての「放浪」なのである。

〈「お母《つか》さんも、お前も車へ乗れや、まだまだ遠いけに、歩くのはしんどいぞ……」

母と私は、荷車の上に乗つかると、父は元気のいい声で唄ひながら私達を引いて歩いた。

秋になると、星が幾つも流れて行く。もうぢき街の入口である。後の方から「おつさんよつ！」と呼ぶ声がした。渡り歩きの坑夫が呼んでいるらしかつた。父は荷車を止めて「何ぞ！」」と呼応した〉

ここに描かれる人たちは皆、貧乏人たちばかりである。貧乏人にも程度があるが最底。

〈二人の坑夫が這ひながらついて来た。二日も食わないのだと云ふ。逃げて来たのかと父が聞いてゐた。二人共鮮人であつた〉

そして「淫売婦と飯屋」「裸になつて」「目標を消す」「百面相」——と続くのである。

末尾に「—一九二四—一九二四—一九二四—」と記してある。日記態の作文なのである。

年譜をみると、明治三十六年十二月三十一日山口県生れ。大正十一年三月尾道高等女学校を卒業。大正十二年二十一歳ペンネームを林芙美子と決め、日記を書く。これが後の『放浪記』の原本になる。私にとっての『放浪記』は、森光子の演じた『放浪記』なのである。

⑭　瀬戸内寂聴　百歳まで騒聴《さいちょう》でいて

ちなみに『瀬戸内寂聴全集弐拾』（新潮社版）の巻末にある「著作目録・年譜」をめくっていくと「著作目録」では、

『花芯』短編集・昭和三十三年四月・三笠書房

『夏の終り』短編集・昭和三十八年六月・新潮社

などに赤線が引いてあった。

私は『花芯』は「新潮」で読んだと覚えているので、「年譜」の方を調べてみると、

〈「昭和三十二年三十五歳」一月。「女子大生・曲愛玲」で第三回新潮社同人雑誌賞を受賞。四月処女短編集「白い手袋の記憶」を朋文社より刊行。十月『花芯』を「新潮」に発表。文学性を評価する声もある中、ポルノグラフィーだと酷評され、以降五年間文芸雑誌に発表の場を与えられなかった〉

とあるが、これは、平野謙の『文芸時評』で、「子宮作家」と断じられた時のことである。瀬戸内晴美は、この『花芯』の中で、やたらと「子宮が鳴った」「子宮がうずいた」などと書きまくったので、そこを平野謙は「子宮作家」と断じたのである。

『夏の終り』で文壇復帰するまでに五年もかかった。つまり文芸雑誌からは完全に閉め出さ

れてしまったのである。

文学仲間というか、先輩格の小田仁二郎との「愛と別れ」を描いた『夏の終り』で第二回女流文学賞を受賞して「文壇復帰」するのだが、この『夏の終り』を最大級にホメたのも、ほかならぬ平野謙であった。

『花芯』で生き埋めにし『夏の終り』で文壇復帰させたのは、他ならぬ平野謙なのである。

この当時の文芸時評には権威があった。作者を生かすも殺すも、平野謙の手の内にあった、と、言っても過言ではない。

私は、平野謙、山本健吉、中村光夫などの文芸時評をたよりに「本を買い」「読んできた」。私にとっての文芸時評は、読書案内記だったのである。

他に記憶に残っているのでは『田村俊子』『かの子繚乱』『比叡』『草筏』『美は乱調にあり』『青鞜』『場所』『秘花』などなど。『秘花』は特に精読した。

同業者の全国大会が新潟市であり、二日目は佐渡見物だったので、それに便乗した私は両津に一泊、相川に一泊と自前で巡ってきた。佐渡には到る所に能舞台があって、さすが世阿弥であると、感服した。

足利将軍に佐渡に流罪されても、そこでの余生を「観世流」の始祖としての世阿弥は「能」を演じ続け普及し続けたのである。

瀬戸内寂聴の『秘花』には、発行時の新聞・雑誌のスクラップが沢山あって『波』の川上弘美と瀬戸内寂聴の対談記事まであった。『死に支度』で、また話題を集めているが、瀬戸内晴美から寂聴まで魅せられてきた私にとっては、百歳までも生きて、騒聴でいてほしいのである。

⑮ 中沢けい『海を感じる時』の若々しさ

この本の奥付頁には、沢山のスクラップが貼ってあった。

① 若い作家たちの「中沢けいさん」
② 海を感じる時・群像新人賞受賞
③ 私の近況——夏の帽子——　中沢けい
④ 東京・駿河台のニコライ堂にて＝中沢けい氏＝

そして、キャッチコピーには、こうある。

〈〝青い性〟の領域をとらえた新鮮な性感覚と文体。女子高校生の恋愛。母と娘の対立を大胆に描いて文壇を騒然とさせた十八歳の少女のデヴュー作品〉（講談社の広告）

そして、吉行淳之介と佐多稲子の批評ものっていた。

吉行さんは「十八歳の作者が、感傷に流されず、背伸びもせず、冷静に対象を眺める力をもっているのは、その年齢とおもい合わせると、大したことなのである。（以下略）」

そして佐多さんは〈『海を感じる時』の「私」と男。母親は、そのつながりの微妙さを、その微細さにおいてとらえていて厭味がなかった。中條百合子が『貧しき人々の群』を発表したのは十七歳だった、とおもったりした〉。

⑮ 中沢けい『海を感じる時』の若々しさ

これを写しながら、私の思念は、ざっと四十年前に逆流した。

奥付頁をみると「昭和五十三年六月二十日第一刷発行」。掲載誌「群像」昭和五十三年六月号。と、あったからである。

私も、手に汗を握って読了した記憶がある。その頃の私は「文學界」「新潮」「群像」の文芸三誌を定期購読しており、雑誌が届くとまず目次を眺める。目次面には、その号のメイン作品が強調されているからである。

つまり、目次面を眺めれば、読まなくてもいい作品が解るのである。

いくら暇な私でも、毎月毎月文芸三誌を精読している訳ではない。

本も、少し読みつけると、作者名、タイトル、などの、目次面の割付けを見ただけで、中身の見当も付くものである。

さて『海を感じる時』である。

〈――「海を見に行こう」

食事をすませ、しばらく煙草を吸ったまま押し黙っていた洋が、突然提案した。

「え？」

「ここから、海岸まで歩いても、十分ぐらいなものだろ。俺、海が見たいんだ。生れてからずっと海を見てくらしてね。海がなんとなく、俺のいちばん休まる場所なんだ」

こうして洋と私は、海を見に行き、海を感じるのである〉

これ以上の中身については、作品を読んでもらうことにしよう。

四十年近くの昔。私も、ワクワクしながら読んだものだからである。

⑯ 佐多稲子『夏の栞』中野重治への思い

サブタイトルに――中野重治におくる――とある通り、中野重治との関係にポイントがある。

なかでも、中野重治の妻・原泉（女優）と二人で、病床に寝ている中野重治を見舞う場面は圧巻である。

その頃、県立図書館にいた詩人の広部英一もこれを読んでいて、「あれは凄いな。女同志の心理的パチパチ——佐多稲子は、中野重治によっぽど惚れていたんだな」。

その、心理的パチパチ——は、こう描かれている。

〈「中野の足に触ってみて」つづけて言った原さんの言葉に、一瞬、私はたじろいだ。昔の躾で育った私には、他人の肌に触れる、ということに強い拒否感覚があって、そのことで逡巡したのである。（略）私は掛布の下に手を差し入れた。中野の足は細く、そして冷たかった。（略）「稲子さんに、足を撫でてもらっては、罰が当るね」

原さんが敏感にそれをとらえて、押えつけた強いひびきで云った。

「あら、稲子さんってこと、どうしてわかるんだろう」

中野は目を閉じたままである。私はもう自分の手を引いていた。撫でていていいのなら、しばらく曾根さんの代りをしていいのだ。という思いのあるのを感じながら〉

この、「あら、稲子さんってこと、どうしてわかるんだろう」という原泉のひとりごとは、重い。

夫・中野重治と佐多稲子の関係を疑っていなければ、こういうセリフは出ない。

この作品のサワリ中のサワリである。

『夏の栞』には、佐多稲子と奥野健男の対談「佐多稲子と『驢馬《ろば》』の同人たち」（十頁）、対談「同時代の『道行』佐多稲子と大江健三郎」（六頁）、「作家が語る名作の舞台」④福井・丸岡町一本田。中野重治をおくる。五十年越すつきあい回想。（新聞のスクラップ）

この新聞記事の末尾には「著者略歴」があって、〈佐多稲子・明治三十七年長崎生れ。中野重治らの同人誌「驢馬」に参加。小説「キャラメル工場から」でデビュー。昭和三十七年「女の宿」で第二回女流文学賞。五十八年「夏の栞」で毎日芸術賞受賞。ほかに「時に佇つ」「素足の娘」など多数〉――とある。

私は、佐多稲子の作品を一つだけ揚げろ、といわれたら、躊躇することなく、短編「水」をあげる。講談社版『日本現代文学全集』の八十三巻。佐多稲子・壺井栄集の年譜によると「水」は、昭和三十七年に「群像」の五月号に発表された。時に五十九歳の働き盛り。この年譜にもギッシリと活動歴が書かれている。

明治三十七年長崎の生れで、大正六年十四歳でメリヤス工場で働く。大正九年十七歳で単身上京。上野の清凌亭に座敷女中として働く。――そこで芥川龍之介など「驢馬」の同人たちと知り合い、作家への道が、開けていくのである。

⑰　宇野千代『雨の音』北原武夫への相聞歌

『薄墨の桜』にしようかと、迷ったが結局『雨の音』にした。

私は、カラオケ酒場でよく「おはん」を唄った。それはともあれ、宇野千代の『雨の音』は、ほんとうにいい小説である。〝小説とはこういうもの〟——との、サンプルのような作品である。安岡章太郎は「宇野千代氏の『雨の音』を読みながら、私は直ちに永井荷風の『雨瀟瀟』を思い出してゐた」と評しているが、私は北原武夫の『霧雨』を想起した。この二つで「相聞歌」になっていることを思い出していた。

〈或る人の授賞式があつて、東京会館へ行つた時のことである。そとは雨が降つてゐた。老齢になつてからの習慣で、外出するときには誰かについて行つて貰ふのに、そのときは一人であつた。会が済んで、扉口のところで、ちよつと躊躇して、雨の降つてゐる夜の街を見てゐた。「小母さん」と誰かが呼んだ。見ると、傍に樋口正夫が立つてゐた〉

〈私が正夫の父と一緒の家に住んでゐたのは、いまから三十四、五年も前のことである。正夫はあとから来て、そこに一緒に住んだ。正夫は私のことを「小母さん」と呼んだ。誰がさう呼ばせたのでもないが、自然にさう呼んだ〉

と、正夫との関係が綴られていく。

〈なぜ、吉村の家の中へ這入つて行くのがためらはれるのか。世間普通の言ひ方で言へば、別れた男がほかの女と一緒に住んでゐる家へ這入つて行くのは、をかしいことに違ひない。しかし、私がそれをためらつたのは、さう言うことではなかつた〉

と、私の気持ちが語られていく。別れた吉村は若い女と同棲している。そこへ行くのであるからして「ためらふ」のは、当り前であろう。

とにかく、この小説は、大正時代の「私小説」風に、自分と吉村（北原武夫）とのことが語られていくのだが、「宇野さんの最近の小説の冴え、その澄みわたり方には、日を見はらせるものがある」（佐伯彰一評）といわれる通り、超近代的で、私小説の野暮ったさは、ちっともないのである。

私は、宇野千代が好きだったと見えて、沢山の著書が並んでいる。『八重山の雪』『風の音』『生きて行く私』（上下）『色ざんげ』『私の文学的回想記』その他で四十冊もあった。

現代文学は「文學界」「新潮」「群像」の三誌しか取っていないが、これらの雑誌小説には、小説らしい小説は無い。強いて言えば「思想小説」「哲学小説」とでも呼ぶ他はない程、解りにくいのである。

小説を読んで六十余年、老残の身でこんなことを書いてなんになる——と、思わぬではないが、私は、他にやることが無いのである。

⑱　芝木好子『雪舞い』豪邸に舞う雪

この本の奥付頁には、沢山の書評紙のスクラップがはってある。
地唄舞「雪」は、芝木好子自身の文章。
〈歴史小説に通じる感触」芝木好子『雪舞い』芸術家の愛と命描く
　雪舞い　芝木好子　四二七頁の長編〉
紙名と年月を書き忘れているので、これ以上、書きようが無い。間抜けなスクラップである。
それはともあれ、この帯文には、
〈共に生きることは叶わずとも、女は、命を尽《つく》して、恋を舞う。わが待つ人も、我を待ちけん――と、舞踊界の名花と妻ある画家の凄艶な恋を描く力作〉
とある。帯の裏には、
〈水仙の香りが漂う早春の鎌倉――地唄舞の名花として一流料亭に働く水野有紀は、妻ある中年の画家と出会い、愛を知った。金に縛られる花街の生活を捨て、叶わぬ女心をひたすら舞う有紀に、夫の心を奪われた妻の敵意が襲う。パリに去った香屋の音信も途絶えて〉
と、オビ文を写していると、すっかり読んだ気分になってしまう。
オビ文を読んで、書評を二、三読んだから、本文は読まなくてもいいや――という気分になってきた。

それでは、あまりにも失礼なので、本文を読むことにする。

〈朝方、病人の寝息を聞いてから有紀は離れを出て、母屋の中廊下を伝って玄関へ向った。よく磨きこんだ板の間のまだひんやりする春先である。

玄関から冠木門《かぶきもん》までの敷石のわきに庭への枝折戸《しおりど》があって、自梅が苦のまま枝を差しかけている。鎌倉には珍らしい茅葺屋根の風雅な家で、これを建てた人は茶人だという。

玄関わきの茶室から母屋のぬれ縁のある座敷も、藤棚のある奥座敷も、戸を立てたままである。四百坪の敷地の前庭はやや傾斜して、垣根の外に小川がある〉

私（坂本）の屋敷は、百五十坪程だから、四百坪とは大変な「大屋敷」である。

それも鎌倉というのだから凄い。

北鎌倉にあった高見順の屋敷は、三百坪とかであったが、前庭の端に小川が流れていた。

芝木好子という作家は、余程の大家《たいけ》で生れ育ったのか、冠木門とか枝折戸とかと、さり気なく書くが、団地やマンション住いのサラリーマンでは、思い付かない風景である。

四二七頁もの、厚い本だが、中身というか、内容も「厚い」のである。

〈「花も雪も、払えば清き袂かな」「開くも淋しき独り寝の　枕に響く霙の音も、もしやと」〉

と末尾にあって、
〈雪が降りしきる。情念の炎は消えもせずに、「雪」を寂とした美に全うしてゆく。彼女は去った月日を惜しみながら、女になりきっていた〉
これが終章である。美文調ではないが、美しい。

⑲　大谷藤子『風の声』から聞えるもの

大谷藤子は寡作な作家である。確か、円地文子などと共に、武田麟太郎が主宰した「人民文庫」の同人だった筈。高見順作品集のグラビアなどに、同人会の写真として写っていたことがある。

この『短篇集　風の声』は、昭和五十二年十一月二十日に、新潮社から出版されている。私の書棚には、もう一冊、『大谷藤子作品集』（まつやま書房）があるが、精読はしていない。私の「大谷藤子観」は、高見順と同世代の純文学作家という認識だけである。

『短篇集　風の声』の帯文には〈刊行を目前に急逝した著者の近作七篇――「風の声」「姉とその死」「旅愁」「悔恨」「鎮魂」「歳月」「私の叔父」を収める。文壇生活四十余年。透徹した文学的境地を示す遺作集〉とあって、円地文子が「波」に書いた文章のイイトコ取り。「恐らく大谷さんの全貌が籠められていることであろう」と、しるされている。

私は、女流作家が好き。女流は、男流よりも「私小説」的で、描かれた世界と、その作者の人生観とが、重なっているから、解りがいいのである。

大江健三郎のような〝女流作家〟はいない。

それはともあれ『風の声』は、こう書き出される。

〈その駅で電車を降りると、二月の刺すような冷たい風が吹きつけてきた。東京から電車で一時間半ばかりのところだが、海沿いの埃っぽい荒涼とした感じの町である。見知らない町へ来たという気持が、吹く風の肌ざわりからも感じられた〉

——二月の刺すような冷たい風——は、私の生れ故郷も同じである。

宇都宮で育った私は、北関東の——というか、「西に男体、東に筑波」——ヤクザの仁義にある通りの、刺すような冷たい北風を受けて育ったのである。小学生時分は、冬になると耳袋《みみぶくろ》を付けて、学校に通ったものである。

脱線しそうなので『風の声』に戻すが、これは完璧な「私小説」。それも大正文壇風な「私小説」である。奥付に発表誌一覧がある。

風の声　「新潮」昭和五十年十一月

姉とその死　「新潮」昭和五十一年十月
旅　愁　「新潮」昭和四十七年十一月
悔　恨　「新潮」昭和四十九年三月
鎮　魂　「新潮」昭和四十九年十一月
歳　月　「風景」昭和五十年七月
私の叔父　「波」昭和五十一年六月

とあって、発行は新潮社。昭和五十二年十一月二十日発行である。「新潮」とあると、田辺孝治さんを想起するが、この本には〃あとがき〃も〃まえがき〃も無いので、その辺のことは解らない。

しかし『風の声』を読むと、昔は良かったな——と、思うのは、コッチが超老齢の故か。

⑳　円地文子『菊慈童』能舞台を見るような

書棚の円地文子コーナーの前に立って、適宜に選び出したのが『菊慈童』である。奥付を見ると、昭和五十九年六月十五日発行とあった。ざっと三十年前である。

そこには、新聞の新刊書評や、「波」の吉行淳之介との対談六頁の記事もあった。

その小見出しには「現実を鋳造して」「永遠の美童・八百蔵」「鬼の悲しみは人間の悲しみ」「男にはない性的エネルギー」などとあって、「円地さん、処女作は戯曲でしよう。あの『晩春騒夜』という作品は、おいくつの時ですか」と、吉行の問いから書き出されている。

円地文子は「今ふうに言えば二十三でしょう。数え歳なら二十四ですけどね」と答え、それを受けて吉行さんは「以来、戯曲も手掛けていらっしゃるから、こんどの小説『菊慈童』も、人物の出し入れが実に堂に入っていて」——と続けている。円地文子も吉行淳之介も好きな作家で、書棚には、その全作品集が並んでいる筈である。

さて、『菊慈童』である。

〈八十四歳の老婆が家出した。

正確に言えば家出ではない。転居なのである。元の自分の家から、二、三百メートル離れた親戚の貸家に移っただけのことなのであるが、この経緯を辿って行くと、養女夫婦に家を追い出されたとしか言いようがない〉

と、書き出される。『菊慈童』は二七八頁にも亘る大長編小説なので、簡単には書き切れない。

そこで、さきの対談をみると、吉行さんが、こう言っている。

〈さらにもう一人、生涯最後の舞台に、『菊慈童』を舞って血を吐く能楽師、梅内遊仙。

八十歳。彼にも投影があるんじゃないかと……〉

〈そして、作品全体に菊慈童が充満している。作品のはじめのほうで、猿橋正蔵というもう一人の能の名人が『菊慈童』を舞うところがありますが、菊慈童について語ることが、この作品の大きな部分を語ることになると思うのです〉

と、吉行さんは続ける。

私は「能」について語る知識は無い。歌舞伎見物の次いでに、水道橋の能舞台を見物したことはあるが、私のは野村万作・萬斎親子の狂言をタマに見ただけである。高見順ゆかりの阪本若葉子さんが、野村万作夫人で萬斎はその子だったからである。福井に万作師が公演に来た時には、五歳ぐらいだった萬斎坊やと、母若葉子さんを、三国の海水浴場へ連れて行ったことがあるとは、別稿で書いた。

円地文子が、能の故で野村萬斎の方に転移してしまったが、「起承転々」は、私の性癖で、文学仲間には、わき見運転の常習犯と揶揄されている。

とにかく、円地文子は、能をテーマにした作品を、この他にも沢山描いている。その中でもこれは、古典的ないい作品である。

㉑ 野口冨士男『暗い夜の私』は文壇史

私が、野口冨士男を好きになったのは「風景」で短編小説を読んで、それで好きになったものと思う。

あの頃の「風景」は、粋《いき》というか、シャイな雑誌であった。書店の店頭で、タダでくれる雑誌にしては、超高級な「雑文」がのっており、文芸雑誌とはまた違った意味での、現代文学が発表されていた。新宿の紀伊国屋書店の田辺茂一社長がスポンサーで、全国の小売書店が支持していたのである。

『暗い夜の私』の「あとがき」をみると、

本書におさめた作品の掲載誌名と発表年月は次のとおりである。

浮きつつ遠く	文學界	昭和四十四年九月
その日私は	風景	昭和四十二年五月
ほとりの私	風景	昭和四十三年二月
暗い夜の私	風景	昭和四十三年十月
深い海の底で	風景	昭和四十四年六月

㉑　野口冨士男『暗い夜の私』は文壇史

真暗な朝　　文藝　　昭和四十四年七月

彼と　　　　風景　　昭和三十八年十一月

——文壇史が背景となっているので、自分なりに調査もしたが、多くの方々に事実認証の教示をあおいだ。

とあって、昭和四十年代前半の「文壇史」になっている。

私は「風景」が好きで、毎号必ず読んでいたが、数年前、書庫を整理した時、その他の雑誌と一緒に捨ててしまった。

今も、書庫に年代順に並んでいるのは「文學界」「新潮」「群像」の三誌だけである。

私は、「現代文学とは雑誌小説にあり」と思い込んでいるので、雑誌が来ると、頁をめくり、目次面《づら》を眺めるのを、一番楽しみにしている。八十四歳の今でもそうである。

仲間うちに「時間の停った文学青年」と揶揄されて、喜んでいるような発育不全なのだが、石川啄木も中原中也も、私は、発育不全だと思っている。

つまり、時間の停った文学青年のまま、生涯を終えたのである。

それはともあれ、書庫で調べたら、野口冨士男の単行本は『文学とその周辺』『散るを別れと』などを含めて、十八冊もあった。

〈十返の本通夜の晩、私は船山と二人で地階のような位置にある十返の書斎にいた。霊前

に香をそなえてから遺族の方にご挨拶をして外へ出ると、激しい雨が降っていた〉
文芸評論家で親友の十返一の葬儀のあとをこう記している。
〈十返の死は、私たちの青春のまったき死であった〉
ここを読みながら、ジーンときたので、この辺でヤメておく。十返も野口も昔々の人。

㉒ 大久保房男『戦前の文士と戦後の文士』

「群像」編集長だった大久保さんとは、長い交際であった。北鎌倉の高見家での初対面からである。

その間、大久保さんは『文士と文壇』をはじめとして『文士と編集者』『終戦後文壇見聞記』『文士とは』——などなど、沢山の本を出した。

私小説的な『海のまつりごと』では、平成三年度の「芸術選奨文部大臣新人賞」を受賞した。照れ屋の大久保さんは、その時「六十面《づら》さげて新人賞とは」とのタイトルで、朝日新聞に短文を連載した。

現役時代（昭和三十年—四十一年頃）の大久保さんは「鬼編集長」とか云われたそうで、「新潮」の田辺孝治さんと合わせて「鬼の大久保。ホトケの田辺」とかゴシップされたとか。とにかく「純文学」に対しては、厳しい編集者であったという。

それはともあれ、目次面を見ると、

戦前の小説と戦後の小説のちがい
言論の自由について
大正作家の偉さ
文章の力
書く文章・打つ文章・口述の文章
垣の外から見た文壇
純文学と大衆文学
文壇の崩壊
文壇の事実と真実
古きよき時代の文壇
あとがきに代え、敬称について

などとあり、「大正作家の偉さ」では、広津和郎と佐藤春夫をあげており、「純文学と大衆文学」では、純文学作家の優越意識に言及している。

㉒　大久保房男『戦前の文士と戦後の文士』

また「文壇の事実と真実」では「第三の新人の評価と実力」吉行氏の「私の文学放浪」の場合」について詳述している。

こうして「目次面」を写しているだけでも、大久保さんが、誰が好きだったかが見えてくる。佐藤春夫に心酔し、広津和郎を尊敬。第三の新人たちを育てようと、誌面を提供して「新作」を書かせたこと。吉行淳之介とは、「親友」に近い交際方《つきあいかた》をしていたことなどがうかがえる。流行作家・水上勉に書き直しを命じたら、水上勉はそれを「新潮」に持ち込んで、そのまま載ったこと——などのゴシップを読んだことがある。

とにかく、この本は、純文学の守護神としての、大久保房男の文学観。文学論がモロに見えてくる本で、現在の「文芸雑誌の編集者」に精読してほしい——と思うのは、ボケ老人の思い上がりか。この本を、また精読して、スカッーと、さわやかな気分になれたことは楽しい。

㉓ 大岡昇平『花影』三角情事の心理戦争

書棚の、大岡昇平コーナーを眺めたら、ズラーッと並んでいた。どれにしようかと、迷ったが、結局『花影』を抜き出していた。

箱の装幀がいい。中をめくると「装幀　杉山寧」とあった。

〈葉子は最初から男のいふことを、聞いてゐなかつたかもしれない。

「だからさ、霧子の足がしびれちやつたんだよ。ひどい熱だつた。便所へ行かうとしたら、立てなかつたんだ」

松崎が前から自分と別れたがつてゐるのはわかつてゐた。子供はいい時に病気になつたともいへる。

黙つて編棒を動かす手に、松崎の眼がついて離れないのを、葉子は感じてゐる。なにか自分がいふのを待つてゐるのだ。しかしいくら葉子が人が好くても、別れ話をだし渋つてゐる男に、きつかけをつくつてやるほど、人は好くはない〉

こうして、松崎と葉子と、うちの奴の、三角情事が、説きあかされていく。

この作品は、発表当時、凄い話題になった。文芸評論家総出の書評戦——というよりも、読書界全体の話題になって、作品も盛り上った気憶がある。

奥付を見ると、昭和三十六年五月十八日発行。——とあるから、私が三十歳の時である。福井市内の三葉荘という六畳一間のボロアパートに住んでいたころで「明日のめしさえ、なかったかァー、お前」の、暮らしぶりの中でも「本」だけは買っていたとみえる。

例によって「赤線だらけ」である。

そして「松崎って、よっぽどいい男なんだな」と書き込んであるところには、
〈葉子はその編みかけのものを、眼の高さに差し上げる。緑と鼠で弁慶に編んだものは、松崎がこの部屋で講義の下調べをする時なぞ、ひざ掛けになるはずだつた。
　東京の二つの大学で西洋美術史を教へてゐる松崎は、週に三度逗子から出て来る。講義日を二日続きになるやうに選んで、葉子の部屋へ泊つていくのである〉
逗子に自宅があって、週に二日大学で美術史の講義をして暮らして行ける松崎サンとは羨ましい限りである。
　その頃の私の暮らしぶりは、週に六日会社に出勤して、夜は「およばれ宴会」と、休む暇もなく働いていたので、東京のインテリっていいな、俺も東京へ出て、私大の講師にでもなりたいナーと、思ったものである。
〈窓の外で子供達の声が高くなつた。頭も体もしびれて感覚がなかつたが、声だけひゞいてゐた。窓からのぞいて、呼んでいる。
「白つ子、白つ子」
　からかふやうな声だつた。それから闇が来た〉
と、結ばれている。今度読んだら、六十年前のような感動は、ついになかったのは何故か。

㉔　島木健作　シャバと刑務所と肺病と

島木健作については何度か書いている。

『癩』という作品は、こう書き出される。

〈新しく連れて来られたこの町の丘の上の刑務所に、大田は服役後はじめての真夏を迎えたのであつた。暑さ寒さも肌に穏やかで町全体がどこか眠つてでも居るかの様な、瀬戸内海に面した小都市の刑務所から、何か役所の都合ででもあつたのであらう、慌ただしく只ひとりこちらへ送られて来たのは七月にはいると間もなくの事であつた〉

年譜をみると、大正十四年、二十二歳の時。労働組合運動で仙台で留置場に入れられたのを最初に、シャバと刑務所の出入りが、人生のすべて、と言ってもいいほど、刑務所は「お馴染み」の住居である。

煩わしいが、年譜から、留置場（ブタ箱）拘置所・刑務所。——と三段階あるのを探し出してみる。

留置場は、つかまってまず入れられる警察署内のブタ箱。拘置所は、刑務所内にあるが、別棟で裁判中の未決犯を入れる所。刑務所は裁判で刑が確定した犯人を入れる所。——と三段階あるのだが、島木健作の年譜を調べると、この三ヶ所に入ったり出たり。シャバに居る方が少ない。宮本顕治などは、網走刑務所に、昭和二年から敗戦の二十年まで、ざっと十八年もいたのだが、これは全部刑務所暮らし。妻・宮本百合子との「往復書簡」か、なんかがあった筈だが、島木健作とは大部違う。

大正十四年　二十二歳の時を皮切りに

昭和三年　二十五歳　官憲糾弾に赴くところを逮捕・起訴される。

昭和五年　二十七歳　有罪の判決が出て、未決から既決の獄に下った。

昭和九年　三十一歳　処女作「癩」を発表文壇に出る。「鰊漁場」「贅肉《ぜいにく》」「盲目」など。

昭和十一年　三十三歳　「第一義の道」「転向者の一つの場合」その他。

昭和十二年　三十四歳　「生活の探求」を刊行。

と、年譜を写しているのがイヤになった。

私は『昭和文学の傷痕』とか『昭和文学の赤と黒』などで、島木健作は論じ過ぎているし、高見順日記の昭和二十年八月十七日だったかに、島木健作が鎌倉の病院で死ぬところが書いてあったと思うので、それらを含めて、昭和の転向文学については、何度か書いてきた。「もういいや、解った」と、いう気分なのである。日本現代文学全集の八十巻・グラビアをみると「昭和十五年八月、発哺温泉にて。右から健作、高見順、片岡鉄平夫人」——とあって、温泉旅行もしているのだ。ブタ箱ばかりに居た訳でもない。もう一枚には、高見順、田村泰次郎、湯浅克衛、福田清人など十四人が写っている。明治三十六年に北海道で生れて、昭和二十年四十二歳で死去。刑務所と肺病と文学。忙しい人生であった。

㉕ 大岡信『新編　折々のうた』

『正岡子規』『拝啓漱石先生』などなど、九十一冊もあったが『折々のうた』を見ることにする。これは、朝日新聞に連載されたコラム集である。

「出版だより」によると、

〈愛の歌、旅の句、悲しみの詩、戯れの唄、……いまここに甦る日本人の心の風土。古典から現代までの名作を、新たに編み直し、四季の彩りを添えて贈る。詩歌歳時記〉

と、あって全くその通り。

中味を少し見る。

「春のうた」

☆石ばしる垂水《たるみ》の上のさ蕨の萌え出づる春になりにけるかも　　志貴皇子

☆山ふかみ春とも知らぬ松の戸にたえだえかかる雪の王水　　式子内親王

「夏のうた」

☆時鳥鳴くや湖水のささ濁り　　内藤丈草《じょうそう》

☆夕顔や女子の肌の見ゆる時　　千代女《ちよじょ》

千代女の解説には「朝顔に釣瓶《つるべ》とられてもらひ水」は特に有名だが、それは理屈で有名になっただけのもの。――と手厳しい。

☆雪国の深きひさしや寝待月。――とは、三国の遊女（女郎・パンパン）歌仙との相聞歌とかきいているが。――

☆越後屋に衣さく音や更衣　　榎本其角《きかく》

越後屋とは、今の「三越百貨店」のこと。

☆大螢ゆらりはらりと通りけり　　小林一茶

一茶の時代はよかったのう。今、私の住んでいる町にホタルはいない。ここに住み始めた昭和四十四年頃は、庭先や、時には玄関横にまでホタルが来たが、新開地で、住宅・マンションなどが密集したら、カエルやホタルはいなくなってしまった。自然環境がどうのこうのと言うつもりはないが、そのうち、スズメもカラスもこなくなるのではないかと、心配している昨今である。『新編・折々のうた』に拠るか、赤坂プリンスホテルで雑談や、三国の「たかだや」での懇親にポイントを置くか。迷っている。何しろ、読者としては九十一冊もの単行本が並んでいるのだから「不足」はない。名刺の上部には「昭和六十年三月十五日赤坂プリンスホテルにて」。――と書いてあるが、その頃はすでに「大岡信の読者」だったのである。

㉕　大岡信『新編　折々のうた』

☆蟻の道雲の峰よりつゞきけん　　小林一茶

ほんとうに「蟻の道」はどこまで続いているのか。庭で「蟻たち」の動くのを見ていると、どこから来て、どこへ行くのか、一列縦隊で一生懸命に走っていくのを見ていて、あきない。当方が暇人過ぎるのだが、庭に出て蟻や蝉、時には、モグラがコケ下をモクモクと走るのが見えたりする。

大岡信さんとは、長い読者で、雑談もしたが、今日この頃では少しもテレビに映らない。

どうしたのだろう。病気かな。
※大岡信氏は二〇一七年四月五日に逝去。この場を借りて御冥福をお祈り申し上げます。（著者）

㉖ 磯田光一『昭和作家論集成』の大仕事

私は、磯田光一の評論が好きで、「群像」新人賞の『挫折者の夢』から読んできた。『萩原朔太郎論』や『吉本隆明論』など十八冊もある中から、『昭和作家論集成』を選んだ。

『挫折者の夢』は、昭和文学の中の「高見順論」である。「群像」の昭和三十六年六月号に発表された。

「俺とおんなじことを、考えている」と、共感してしまったのである。

十八冊も並んでいる中から、引きだした『昭和作家論集成』は、大変な本である。

芥川龍之介、小林秀雄から始まって、五十四人もの現代作家を論じているのだ。

一般的には、あまり知られていない作家をあげると、蔵原惟人、保田與重郎、花田清輝、埴谷雄高、竹内好、寺田透、塚本邦雄、春日井建、澁澤龍彥、安部公房、井上光晴、倉橋由美子、黒井千次――などなど。

あまり有名ではない、とあげた作家たちの中で、私は、蔵原惟人、保田与重郎、花田清輝。――とあげていくと、これらの人たちの全集もしくは選集、そのほかの単行本が書棚に並んでいる。

保田与重郎などは「人民文庫」の武田麟太郎や高見順に対峙した「日本浪漫派」の重鎮として。埴谷雄高は三一書房の作品集が全部揃っている。寺田透、塚本邦雄、井上光晴、倉橋由美子。――倉橋由美子の「パルタイ論争」というか、平野謙が仕掛けた「ベッピン論争」まで、スクラップにはある筈。

磯田光一のこの本は、昭和六十年の六月に新潮社が出したものだが、六七六頁もの大冊を、よく新潮社が出してくれたものである。

その当時の「文芸評論家磯田光一」の力関係が、この本だけからも見えてくる。

巻末の出版広告を見ると、

太平洋戦争日記　伊藤整
冬　中村眞一郎
白夜を旅する人々　三浦哲郎
伴侶　岩橋邦枝
菊慈童　円地文子

ここ過ぎて　瀬戸内晴美
冷い夏・熱い夏　吉村　昭
兄・小林秀雄　高見沢潤子
夏の栞　佐多稲子
現代詩人帖　篠田一士

などなどがあって、これを写しているだけで「時代」が見えてくる。

私は、本は買っても、ツンドクの方なのだが、それにしても、磯田光一の『昭和作家論集成』は、凄い本である。――批評歴二十五年の精髄。新鮮かつ刺戟《げき》的な現代作家五十四人の肖像。昭和精神史の解明。現代文学の総括。――とは、オビのキャッチコピーだが、全くこの通りで、この本には、現代文学と現代文学史が、ギッシリと詰っている。

久しぶりで、熱くなってきた。

㉗　小田切進　学者先生が「顔を出す」

小田切進の名刺には、昭和六十年三月十五日。赤坂プリンスホテルにて。――と書いてある。

日本近代文学館　　　　理事長
神奈川文学振興会　　　理事長
県立神奈川近代文学館　館長

とあり、裏にもギッシリ書いてある。

立教大学と自宅の住所電話番号もある。

めしのタネとしては、立教大学の先生だったと思うが、私が知り合ったのは、高見秋子夫人経由である。

昭和六十年のその時は、第十六回高見順賞の授賞式であった筈。〈樹木〉を繰ってみたら、受賞者は、新藤涼子と岡田隆彦の二人である。

ワキ見運転になりそうなので、小田切進にしぼるが、小田切さんの本は、小田切進エッセイ選の四点（博文館新社）をはじめ、『日本近代文学年表』、『近代日本の日記』、『書物の楽しみ』――など、十冊も並んでいた。

そこで、小田切進エッセイ選の第一巻『温故知新』を出してみた。

『温故知新』といえば、私の客間には、福田一・通産大臣にもらった『温故知新』という扁額が飾ってある。それはともかく、「はじめに」と題する「まえがき」には、

〈故《ふる》きを温《たず》ねて新しきを知れば、以って師と為《な》すべし」というのは、人の見聞にはおのず

と範囲があるから、孤りその範囲内において工夫するだけでは、とても新発見はできないだろう。だから旧来から聞いているところを、繰りかえし思索するなら、その結果、深く会得して新しい知識を得ることができる。（以下略）〉

①私の昭和時代
②自分の星を
③雑談・本の話
④日記と手紙

などの項目があるが、「近代の日記」についてみると『蜻蛉日記』や『紫式部日記』『更級日記』などを引き合いに出したかと思うと、石川啄木の『ローマ字日記』、勝海舟の日記四巻、河上肇の『獄中日記』『原敬日記』『宇垣一成日記』『木戸幸一日記』、重光葵『巣鴨日記』、清沢洌『暗黒日記』、木佐木勝『木佐木日記』――などなどをあげている。

そして末尾に近く「『高見順日記十七冊』（勁草書房）のような、文学的記録として抜群の価値をもつ傑作がある」と書いている。

小田切さんは、高見順の一の乾分《こぶん》で、日本近代文学館を創る時には、高見理事長、小田切専務として、資金集めに同道している。

私が小田切進を読むようになったのは、高見順経由で、北鎌倉の高見家でも何度か会ったことがある。高見順亡《な》きあとも、秋子夫人の所へ、何かと訪ねていたのであろう。

そんなこんなで、最初に書いた「赤坂プリンスホテル」につながっていくのである。この文章は、学者とジャーナリストの中間位にあって、解りはいいが、ムズカシイ所も時々ある。文芸評論家小田切進ではないようだ。

㉘　奥野健男　大学教授の『文芸時評』

奥野健男にいつ会ったのか。名刺を調べたら、あった。

平成元年六月十七日。高見秋子夫人と共に、三国町の「たかだや」にて——と名刺の上部に書いてあった。

肩書は「多摩美術大学教授」となっていた。

私は、美大教授には関心が無い。

文芸評論家・奥野健男を読んできたのである。特に「文學界」に連載した『現代文学の基軸』は精読した。

私と、全く同じ視点で、書いていたからである。

書庫に入って探したら、『現代文学の基軸』があった。昭和四十二年三月二十日、徳間書店発行で、定価六九〇円となっている。

「この本に収めた評論の主な部分は、『現代文学の基軸』という題で雑誌「文學界」の昭和四十年三月号から、翌四十年四月号まで連載された」と、あとがきに書いている。

そして『高見順』『太宰治』『坂口安吾』『島尾敏雄』『三島由紀夫』や『文芸時評』『素顔の作家たち』などを含めて三十四冊も並んでいた。

そこで、どれにしようか、と、迷ったが『現代文学の基軸』にした。『素顔の作家たち』も気になったが、これは、一人二頁半ぐらいで一三二人ものっているので、ポイントが絞れない。「奥野健男著作シリーズ」と題する「月報」まで、製本されている。

昭和四十年代のその頃、私は三十四、五歳の筈。よっぽど奥野健男に嵌っていたのであろう。目次を見ると「昭和十年代文学とは何か？」「高見順、太宰治、伊藤整、坂口安吾、石川淳」——などがあって「正統意識を排す」「死者よりの眼」「誰を意識して書くか」「現代の純文学とは何か」——とある。

このタイトルの中で、私は「誰を意識して書くか」に興味を持った。

私も、新聞・雑誌に記事を書く時、誰を意識して書いたらいいのか、いつも迷うからである。頼みに来た編集者を納得させればいいのか。

編集者の背後に、ゴマンといる読者に向けて書けばいいのか。それとも、それらを越して文芸評論家とか、書評家とかいわれる「東京地方」のエライ先生を、ギャフンと言わせればいいのか。焦点が定らない時がある。

そういう時、私は、自分に向けて書くことにしている。書き手の私と読み手の私。――自作の最初の読者は、私自身であるからして、自分が納得できない文章はダメ――と、思うことにしている。

「表現という行為そのものの中に、既に他者が意識されている」と奥野健男は言うが、同時に、自身が、他者の一部に成っているのではないのか。ものを書く――という行為をつきつめると、そういうことになる。奥野サンに連られて理屈っぽくなったので、ヤメる。

㉙ 青山光二『闘いの構図』で平林たい子賞

これで、第八回平林たい子賞を受賞した。

その時の新聞記事には、こうある。

〈第八回平林たい子賞の贈呈式がこの程、東京・永田町のホテルニュージャパンで行われ『闘いの構図』（新潮社刊）の青山光二氏に賞金五十万円が贈られた〉

『闘いの構図』は、大正十四年神奈川県鶴見の東京電力火力発電所の建設工事の際に起きた騒乱事件を描いた長編小説。

対立した下請業者が大ゲンカして多数の死傷者を出し、そのため準戒厳令がしかれたほどの大事件で、青山さんはその発端から解決までを徹底的に調査して、原稿千七百枚の作品にまとめ上げた。

選考委員を代表してのあいさつは丹羽文雄氏。「青山君とは四十数年来、家族ぐるみのつきあいをしている」という丹羽氏は「自分が受賞するような気持ちです」といかにもうれしそうに語った。

〈青山君は三高の出で、仲間に織田作之助、田宮虎彦がいて、このなかで一番先に文壇に出るのは青山君だろうと嘱望されていた。小説のうまさでは、芥川賞選考委員の滝井孝作さんがカブトを脱いだほどだ（以下略）〉

また、吉村昭は、

〈『闇の構図』は、私にとって不思議な小説であった。このような独特な性格をもつ小説

を読んだことはなく、その迫力と重厚さが日が経つにつれて一層印象的なものとして感じられてくる（以下略）〉

と評している。

そう云えば、後の吉村昭の作品によく似ている。吉村昭の『高熱隧道』を連想したほどである。

私は『修羅の人』『吾妹子哀し』なども読んできたが、これはケンカ小説。ケンカといっても並のケンカではない。

上巻では、

第一章　発端
第二章　決裂
第三章　対峙
第四章　終結
第五章　激突

そして、下巻では、

第六章　争闘
第七章　終燎

第八章　調停
第九章　明暗
第十章　裁判
第十一章　解決

と、続くのである。

そして「あとがき」には〈この長編は、昭和四十三年一月号から昭和五十三年十二月号まで、十一年間にわたって雑誌「経営評論」に連載した千七百枚の作品を全面的に加筆・改稿して成ったものである〉とある。

とにかく青山光二は、息の長い作家である。文体が重厚なのも、特色のひとつである。

㉚　水上勉『弥陀の舞』取材の時

水上勉の何を書こうか。と、迷って書庫に入ったら、新潮社の『水上勉選集六巻』をはじめ四十冊もあって、迷いが深まった。が、結局、『弥陀の舞』にした。

〈越前と若狭の境は深い山である。北風が吹きつけるので旅人は難儀した。今でも杉津あ

㉚　水上勉『弥陀の舞』取材の時

たりは波をかぶる細道がのこっていて、峻しい山は海へずりおちるような速さでつきささってくる〉

と、書き出されて――

〈武生駅に降りて、粟田部に出、そこから車を捨てて、無案内なままに、刈稲の株が転々とうかぶ縄手道を、うららかな冬陽をうけて歩いてゆくうち、小さな集落につきあたった。五分市《こぶいち》という小字で、何げなく通りかかった道傍に「花筐の桜古跡」と立札があった〉

こうして、今立の紙漉場へ主人公は行くのである。中味については読んでもらうこととして、私がこの作品に興味があるのは、この取材に同道したからである。

これは、「週刊朝日」に連載されたもので、その頃の朝日新聞社福井支局長は浜川博氏であった。文学好きの浜川博氏とは気があって、

「坂本クン、すぐにウチへ来い。今、水上サンが取材に来てるんだ」

馳せ参じて、福井支局で水上サンと雑談。今立の紙漉き工場へと同行したのであった。

〈おめがつれてこられた日ィは、桐の花のまっさかりやった。ほやほや。尼のおっ母が、おめを抱いてござんした〉

と、水上流の越前弁で、作品は進められていく。

終章は、こうくくられる。

〈越前和紙は、生きたコウゾの紙であった。寒中に女たちが手を凍らせて漉いた製法は今日も変りはない。

越前和紙が何枚もつみ重ねてあると、そのへりに手をあててみるがいい。漉いた女の、ぬくもりがつたわってくる〉

〝漉いた女の、ぬくもりがつたわってくる。〟とは、全くの「水上節」である。

私は、水上作品を一点選べと言われたら、迷わずに『越後つついし親知らず』をあげる。まだ推理小説の作家だった水上さんに、『霧と影』という作品があって、作中の少年主人公が上京する時、寺の壁かに「男子志を立てて猿谷郷を憎み出づ」と落書きをする。この「猿谷郷を憎み出ず」が「若狭本郷を憎み出づ」に重なってしまうのである。

若年の頃、水上作品は沢山読んでいる筈だが、みんな忘れた。しかし、作品の基底にあるあの暗さだけは忘れられない。北陸人特有と言ってしまえばそれまでだが、水上勉の暗さは、特別である。心が凍っているのだ。


「文芸復興」三十二号（二〇一六年五月二十日発行）掲載

随時随感　三〇章　㈢

① 武田麟太郎 武麟婦人たちを観光案内

武田麟太郎と言えば『銀座八丁』であるが、風俗小説の故か、講談社版の武田麟太郎にはのっていない。

『暴力』『檻』『日本三文オペラ』『釜ヶ崎』『市井事』――など多数の短編がある。

しかし私は、タケリンという想起するのは、高見秋子夫人と共に「新田潤夫人」「武田麟太郎夫人」の三夫人が、大阪でのタケリン文学碑建立の除幕式に出た帰りのことである。

福井県三国町に立ち寄り、この三夫人を東尋坊やら永平寺――それに「高見順文学碑」を見て、海岸べりの三〇五号線を西へ――越前海岸の越野村《こしのむら》あたりに案内した時のことを想起する。

越前水仙が、まっ盛りだったから、早春だったろうか。その時の写真が、私のアルバムに今もある。

三婆《さんばばあ》の観光案内は疲れるもので、一泊二日、私はくたくたになってしまった。

いくら文学好きだからと言っても、作家夫人、それも七十過ぎの老婆ばかり――では、疲れもしようというもの。

しかし、その後、鎌倉へ行った時、大仏さん通りで「お店」をやっていたタケリン夫人に、大変ご馳走になったから、あのクタクタは帳消しかも知れない。

その時は、こちらも若い芸者連れだったので、北鎌倉の高見家には寄らず、避けて来たのである。

それを察したタケリン夫人が、何くれと世話をしてくれ、ホテルの予約まで取ってくれたのである。

武田麟太郎の文学について書くつもりが、また脱線した。いつもの習性である。

中村光夫の「作品解説」によると、

〈「暴力」が生彩をはなったのは、このやうな文壇の空気のなかにおいてなので、「文藝春秋」のこの号は発売を禁止されましたが、作品自体は好評で、当時の二大雑誌であった「改造」と「中央公論」から同時に、小説の注文がきたということです〉

と、例の「ですます調」で論じている。

タケリンの「スター誕生」である。続けて『檻』『W町の貞操』『反逆の呂律』『連絡する船』などがこれにつづいて書かれ、翌年の新年号の「中央公論」には『脈打つ血行』が載り、「新潮」には『休む軌道』が発表された。〈当時の総合雑誌の新年号の創作欄は、作家の晴れ舞台であり、そこに作品が掲載されるのは、もっとも有望な新進作家としてみとめられたことを意味しました〉と、中村光夫は、ホメまくっています。

とにかくタケリンは、こうして大阪から東京の文壇に出たのである。

昭和元年、京都の三高から東京帝大の文学部に入学。二十四歳の時『新しき出発』を「辻馬車」に発表して文士デビュー。昭和二十一年四十三歳で死去。――短い人生であったが、文士としては充実した生涯と云へようか。

② 舟橋聖一『岩野泡鳴伝』で〝毒薬〟を喰む

大久保典夫の『岩野泡鳴の研究』もあるが、「笠間書院」の発行なのでパスして、舟橋聖一の『岩野泡鳴伝』にした。パスした、と言っても無視する訳にもいかぬので、「第二部・研究と批評」の「I『泡鳴五部作』の世界」の書き出しをみる。

〈数年前、永らく絶版になっていた新潮文庫の『泡鳴五部作』上下三巻（昭和三十年七月）が復刊されて、研究者仲間でも初めて通しで五部作を読み、たいへん面白かったという感想を何人かから聴いた〉

と、大久保典夫は書いているが、ここでは、舟橋聖一の『岩野泡鳴伝』（角川新書・昭和四十六年四月刊）をテキストにする。

学者の研究よりも、作家の評伝の方が、読みやすく、面白いと思うからである。作家は「根も葉もある嘘八百」を書くのがうまいからである。

さて、舟橋聖一の『岩野泡鳴伝』である。

第一回　淡路の少年時代

第二回　青年の苦悶

と、書き出されて、第二十六回「急死」で終っている。第十二回には『毒薬を飲む女』が取り上げられている。

『毒薬を飲む女』は「中央公論」に出た。そしてこれによって、彼の稿料の率が値上がりしたという程であるから、当時における声価も高かったに違いない。これ以来泡鳴の創作の市価は上り坂になった。

彼自身も、この小説には、いささか自信があったと見えて、評論『事実と幻影』のなかで「もう長編の材料は自分にはないかも知れぬと、一時は思った程の、より抜きの材料であった」と、感想を洩らしているほどである。

〈十月十六日。中央公論の滝田氏が来て、新年号の小説をたのまれた。

十一月十一日。稲毛の海気館へやってきた。

一年といふもの旅行する余地もなかったので、少し保養しながら、新年号の小説を書くつもり。

十一月十四日。長編「未練」の第四、第五を書いてゐる時、お鳥《とり》のほんものが、ふと目の前にまざまざと見えた気がして、海気館の離れに独りでぽつりとしてゐるのが、何だか怖ろしくなった。清子へハガキ。

十月十七日。雨。午前四時頃「未練」上編、二〇九枚を書き終った。清子へハガキ〉

こうして写していると、岩野泡鳴の生活まで見えてくるようだ。

大正文壇の「私小説」は、このように書かれて来たのかも知れない。

大正作家と昭和初年代の作家は「根も葉もある嘘八百」に、こうしてリアリティを出してきたのである。若年の頃「泡鳴五部作」に嵌ったのも『岩野泡鳴伝』を読んで納得した。

③　梶山季之『影の凶器』で表に出た男

『黒の試走車』で文壇デビューした梶山季之は、あっという間に、スター文士に上りつめていった。

その前は、週刊誌のトップ屋をして雑文書きは手馴れたものだった。その頃、週刊誌といえば新聞社系の「週刊朝日」「サンデー毎日」などが中心であったが、そこへ出版社系の週刊誌が割り込んだのである。

「週刊文春」「週刊新潮」「週刊現代」「週刊ポスト」などである。

つまり、売文業の仕事の場が拡大されたのである。

私の書庫には『トップ屋取材帖』その他の週刊誌記者の内輪話を書いたものが沢山ある。地方誌の記者をやっていた私は、東京へ出て、週刊誌のトップ屋になりたい、と、思っていたので、そんなガラクタ本が沢山あるのだ。それに「シナリオ」とか「テレビドラマ」とかの月刊誌をとっていた。

関東の生れ育ちの私は、何をやるにも東京じゃなければダメだ。――と、思っていたのである。

だから、私にとっての梶山季之は、あこがれの的だったのである。

しかし、作家としては三流扱いだったのか。新書版ばかりである。

『囮』『離婚請負業』『ある秘書官の死』『悪女の条件』『人妻だから』の五点が新書版で『影の凶器』だけが全書版。版元は講談社である。

その当時、神吉晴夫が創った「光文社」が「新書版」という全書と文庫の中間の本を出して大ヒットした。

『凶』の奥付を見ると、昭和三十九年八月初版発行。昭和三十九年九月二十五日十五版発行——とある。

ざっと一ヵ月で十五版とは、大変なことである。講談社版の『影の凶器』をみると、「情事の開幕」から「影の凶器」まで、十七章からなっているが、接吻泥棒、濡らす男、攻撃開始、媚《び》薬酒、密会、浮気な夫、ある暴行——などなど、如何にも「場当り的」である。

しかし、この「場当り的」が、大当りをしたのである。時代背景もあるだろうが、それを肌で感じ、読み取るのは、作家と編集者であるからして、それらを全部含めて「梶山季之の時代」があったのである。

現在の五木寛之みたいなもので、カバーの写真までが、その時代を表わしている。『離婚請負業』のカバー裏には、いい男ぶりの顔写真が大きくあって、「著者梶山季之氏独特の〝性と愛〟にいどむスリルとサスペンスに溢れた佳編ぞろいである」。

知性と教養を姿形《すがたかたち》で現わして、それも含めて商品にする——大変な努力だと思うが、私にとっての梶山季之は、大流行作家で、あこがれの的だったのである。ざっと五十年も前の、昔々の、その昔の話である。

③　梶山季之『影の凶器』で表に出た男

④　黒岩重吾　暗い背徳の人生を描く

東の梶山、西の黒岩――私は、その両方に魅せられてきた。

明るい梶山に、暗い黒岩と、言い直してもいい。とにかく、二人はライバルでもないのに、マスコミが勝手に囃《はや》したてたのである。

黒岩重吾の作品集は『黒岩重吾全集十八巻』、『男の市場』（昭和四十五年）、『同伴者』（昭和四十年）などを含めて二十一も並んでいた。

そして『黒岩重吾全集十八巻』が講談社から出たのは昭和四十二～四十三年である。その当時はスター文士だったのである。

昭和四十年に出た『同伴者』の巻末には「黒岩重吾傑作シリーズ講談社版全七巻」という広告があって（一）煮えた欲情、（二）飛田ホテル、（三）死火山の肌、（四）背信の炎、（五）病葉の踊り、（六）一日未亡人、（七）心斎橋幻想――とある。

飛田・心斎橋など固有名詞がある通り、黒岩重吾は「関西系」の作家である。

そして、ある時、福井市の県民会館での講演会に行ったら、足が悪いのが解った。

舞台のソデから壇上までの何歩かを歩いただけで、それは解ったのである。

「ああ、暗い作品の原点は、これか」と、私は、瞬時に納得した。

④　黒岩重吾　暗い背徳の人生を描く

黒岩作品の主人公は、社会に怨念をもって、強いて反社会的行為をするのである。そして、性格が暗い。

ちなみに「男の市場」の古城隆二は、こう描かれる。

〈古城隆二、三十三歳。本名ではない。女性客専門のホストクラブ、ニューオリエントの源氏名である。本名は高田だが、古城は店の名が気に入っていた。自分では本名の積りでいる。

古城は身長百六十八センチ、体重は五十七キロであった。浅黒い顔だが目鼻立ちは日本の旧華族の或る種のタイプに属している。眉は長く釣り上り、整形して二重にした目は切れ長である。

古城の顔色が白かったなら、昔の二枚めによくあるように少し軟弱な感じを与えないでもないが、彼の場合、浅黒さがそれをすくっていた。

その夜古城は、青山の深夜クラブで勝田園子という女客と待ち合わせていた〉

勝田園子は、小金のある未亡人と、古城は踏んでつき合いはじめたのである。

この先は現物を読んで頂くことにして、黒岩作品の魅力は、ここにある——とだけ記しておく。

純粋な青年男女の恋などは、絶対に描かない。「同伴者」の女流画家高野愛子が子供が生みたい、と思うようになったのは三十歳を過ぎてからである。高野愛子は資産家の娘で、実家は北陸の豪農だった。時価数億の山林地主である。その女優画家高野愛子は——。

とにかく、黒岩作品の登場人物は、一筋縄では納まらない。波乱万丈の中へ、自分の方から飛び込んでいく。——そして、その基底は、黒く暗いのである。そこに魅力があった。

⑤ 山本健吉『遊糸繚乱』と『文芸時評』

山本健吉と言えば『文芸時評』と『俳句時評』だろうが、あえて『遊糸繚乱』にした。まず、この『遊糸繚乱』というタイトルがいい。それに堀文子の装丁がいい。箱の桜、花びらとムラサキピンクの色合が気に入ったのである。

本を選ぶのに、中味よりも先に装丁で選ぶなど愚の骨頂といいたいが、山本健吉とはお馴染みの仲なので、中味の見当はついているつもり。従って、遊び心が優先した。

〈永井龍男氏が「新潮」新年号に寄せた「刈田の畦」という短編に、雪迎えのことを書いているのに眼をとめた。これは私が、不思議な小動物の季節現象として、私のえらんだ「最近俳句歳時記」秋の部にも録しておいたものなのだった〉

と、書き出される。

〈満月の夜、小高い丘の公園の茶館で、数人円座してさかもりしている時に、氏はふと月を仰ぎ、月から垂直に引かれる光の線を見た。

一筋ではなかった。「あの光はなんだ」と空を指すと、だれかが「蜘蛛の糸だ」と応じた。「こういう晩に、森から森へ、やつらは風に乗って移行するんだ」〉

こうして、たわいのないことを、表現力というか、文章そのもので、読ませてしまうのである。

真っ先に書かれている永井龍男も短文の名人である。

〈川口氏（川口久雄）は、「かげろふ日記」や「源氏物語」蜻蛉の巻などの外「和漢朗詠集」にある「遊糸繚乱碧羅天」や「乱糸野馬草深春」などの詩の遊糸や野馬をも、ゴサマーであると解いている〉

国語国文学の大学教授に読ませるつもりなのか、古典の引用があり過ぎてよく解らないのが難点だが、とにかく、先へ進むことにしよう。

★雪迎へ牛乳しぼる手にからみけり　弥生
★雪送り冬立つ風を流れけり　仏子

⑤　山本健吉『遊糸練乱』と『文芸時評』

〈鏡花の「高野聖」は中学生のころ読んだ。天生峠の飛騨越のくだり、頭の上から山蛭が降ってくるところは、えりくびが冷やりとするような気味悪さを覚えた。私は歳時記夏の部「蛭」の項にも、この山蛭について簡単な説明を書いておいた〉

こうして読み、書いてくると、「何んだこりゃ、自分の歳時記の宣伝じゃないか!?」と、なりかねないのだが——

★葉を落て火串に蛭の焦る音　蕪村
★人の世や山は山とて蛭が降る　一茶

『遊糸繚乱』のタイトルと箱に魅かれて買ったと思うが、山本健吉はやっぱり凄い。奥の深さが、街学者とは格段に違うのである。

⑥ 北原武夫『霧雨《きりさめ》』で宇野千代と最後の愛

宇野千代の『雨の音』は、昭和四十九年三月に文藝春秋社から「書き下し特別作品」として出版された。

その三年前の昭和四十六年三月に北原武夫の『霧雨』は講談社から出版されている。北原武夫と宇野千代の「愛と別れ」は、まず北原武夫が『霧雨』を書き、その三年後に宇野千代の『雨の音』は書かれたのである。

取り上げる順が、逆になってしまった。

『霧雨』の〝あとがき〟によると――

〈昭和三十九年「雅歌」の一部を「群像」に発表し、次いで一年後に「別離」を「文學界」に分載して以来、それにつづく作品を書いて「男」と「女」という抽象名詞による同じスタイルの三部作を完成することが、僕の永い間の念願であったからだ。その後『霧雨』の素材になった事件にはほぼ三年間の時間を奪われ、それが終ってからも、なお三年の間、このことは僕の念頭を離れず、何度か試みて失敗したのち、今度ようやく書き上げることができた〉

と、いうことである。

その頃、週刊誌のゴシップで読んだ記憶があるが、北原武夫に若い女が出来て、宇野千代の許を去ったのである。

その頃、二人は婦人雑誌社を経営していた筈。それはともかく『霧雨』である。

「雅歌」「別離」「霧雨」の三章から成っているが、中心は、作品の長さからも推察される通り「霧雨」である。

〈その女は、遠くに薄れている景色を殊更目の前で確めるような眼差しで、男に笑いかけた。

「不思議ね、あなたということがすぐ分かりましたわ。随分前、一度しかお会いしたことがなかったのに」

まごついている男の前で、十年近く前の或る舞踏会と、その時はまだ彼女の夫だった或る男の名前を、その女は口にした。バアなどで聞くにはふさわしくないその名前と、戦争によって失われたその名前の持つ称号が、またその女に失われていない或る美しさの性質を、急にはっきりと明かしてくれたように男には思われた〉

この本を、こうして写していると、私は、この本を一度も読んでいないことに、気付かされた。作品それ自体は雑誌発表の時に読んだから、単行本は買ってツンドイたのだろうと思う。私は、よく、こういうことをやる。

頁をめくっていくと、手つかずの新品頁なのである。赤線も書き込みも無い。

ただ〝あとがき〟だけは精読したと見えて、何行かの赤線がある。とにかく、北原武夫の作品は、宇野千代とのコミで読むと、解りがいい。

しかし、「男」「女」という抽象表現が、この作品を上品にしていることは、間違いない。

⑦ 饗庭孝男『西行』出家遁世の背後を描く

饗庭孝男に嵌ったことがあると見えて、『昭和文学私論』などを含めて十四冊もの「評論集」がある中から、今回は『西行』にした。

『西行』も厚い本で五〇九頁もある。

中見出しを拾っていくと『西行』の生涯が見えてくる仕掛けになっている。

私は、西行の出家遁世を、テレビで見たのか。「俺の女に手を出す天皇の夜番など出来るものか」と、佐藤義清という名の公官武士を捨てて旅に出た——と、記憶しているが、果たして真実なのか、どうか。

饗庭孝男は、文芸評論家というよりも、学者先生に近いので、この本は読みにくい。

出家遁世まで　隠者への道　都から山へ　無常の自覚落花の心　漂泊の修行　夏の歌
恋のゆくえ　西国への旅　秋の歌　高野山の孤独　大峰山の修行　冬の歌　吉野山と
熊野「雅」の歌　戦乱と伊勢在住　再度、陸奥への旅　歌のわかれ　不滅の花——

と、これが中見出しであるが、ここまで写してきたら、中味が見えてきた気分になった。

春風の花の吹雪に埋もれて行きもやられぬ志賀の山路
近江路や野路の旅人いそがなむ野洲が原とて遠からぬかは
春あさみすずの籬《まがき》に風さえてまだ雪消えぬ信楽のさと
都出でて逢坂越えしをりまでは心かすめし白川の関

歌を引用していては、キリが無いので、「吉野山と熊野」（三一六頁）まで飛ばす。

若山の頃、吉野山へ登った。四月十日の春らんまん。大変な人出であったが、下中上の千本桜が満開で、奥の千本が六分咲き――というところであったか。

吉野山山頂のホテルに一泊したのだが、その頃市川猿之助に凝っていた私は、猿之助の「吉野山千本桜」を観た気分になっていた。

〈吉野山へ分け入ってみると、思いのほか深く険しい。とくに「奥の千本」への径は急坂で、一旦登ったあと、狭い径を下りてゆかなければならない。四月も十五日すぎになると、花の姿は「奥の千本」あたりに限られてしまう。私は去年の春、久し振りに花に会い、西行庵と言われる地に下り立って山桜を眺める喜びを味わった〉

饗庭サンよかったね――と言っておくが、私のは四月十日で、山桜は満開であったのは先に書いた。

翌日は、山を下りて白浜温泉に一泊。大阪へ出て、北陸線で帰ってきた。

西行の歌は、哀切であるが、人間は上流から下流へ落ちのびた人でなければ、いい人間にはなれない。元々の貧乏人ではダメ。落ちるからいいのである。

⑧　白崎昭一郎　医学博士白崎先生であった

私にとっての白崎さんは、文人・白崎昭一郎ではなくて、主治医・白崎昭一郎なのである。肺病やみの私の主治医なのである。

安静度五度の軽い肺病やみなので、雑談が楽しみで通院しているようなものである。

そんなある日。池大雅《いけのたいが》の掛軸を見せてくれたり、東郷青児の油絵（額入り）を見せてくれたりして、グッーと親しさが増した。

地方紙の編集者をやっていた私は、地元財界人の「お宝」を見せてもらう機会が多かったが、「池大雅」を見たことはなかった。

本とか画集とかで知識はあったが、現物を見るのは初めてなので、「白崎さんって金持ちなんだな」と、その時は思った。

当方は、書画骨董どころか、明日の喰う飯にも困るような暮らしぶりをしていた頃なので、何か、こう、住む世界が違う人のように思ったこともあった。

しかし、文人・白崎昭一郎に対しては、恐れ入ったことは、一度もない。

『樋口一葉日記の世界』（鳥影社）とか『山川登美子と明治歌壇』（吉川弘文館）などをすぐに思い浮かべるが、私が一番好きなのは『橋本左内』である。

福井市橋南の毛矢町辺りの畦道《あぜみち》を、朝早く、ひたすらに京に向って歩き続ける、あの『橋本左内』の書き出しは、非常にうまいと、感心した。

それに「医者の眼・文人の心」である。

「医者の眼」はパスして「文人の心」を拾っていくと、大岡昇平・津村節子・吉村昭・高山文彦、森まゆみ・モーパッサン・井伏鱒二・重兼芳子・沢木耕太郎――と、切りがない。

これを読むと白崎さんの読書力ぶりがうかがえて、楽しい。

最後に、少し不満を述べれば、何を書いても及第点には行くが、そこまでで読者を感動させるまでには届かなかったことが唯一の欠点。

これは、白崎さんが、京都大学医学部卒の医学博士であることと、つながってくる。

秀才文士など何処にもいない。文士とは、社会の落ちこぼれ。文学以外は何をやってもダメというのでなければ、文士にはなれないのである。

森鷗外みたいなのは、例外中の例外である。

それにしても、私は、白崎さんには大変お世話になった。

今、こうして八十四歳の超老人として、元気で生きていられるのも、白崎さんのお蔭である。

四十二歳の厄年で肺病が再発。十日程、内科の白崎医院に入院したが「これは私の専門外。外科手術でなければ……」と、親友の小林外科に廻してくれた。手術後三十六日の入院。計四十日の入院で元気回復。四十一日目には会社に出勤した。それから四十余年、こうして元気に暮らしていられるのは、白崎昭一郎博士のお蔭なのである。

白崎さんは文士ではなくて医者であった。

⑨　津村節子　五十余年の長～いつきあい

私が、津村節子の名を知ったのは、昭和三十四年の夏七月であった。

その頃、福井駅前にあった「ひまわり書店」で「早稲田文学」の七月号（終刊号）を買った。

表紙の上部に「丹羽文雄・石川達三・火野葦平・責任編集」とあって、右横には「早稲田文学賞発表」と金文字で刷り込まれ、表紙絵は前田青邨の大きなボタンの絵であった。

そこに、受賞作とは別に、津村節子の「浮巣」という短編が載っていた。

津村節子の作品を見たのは、それが初めてである。今から五十六年も前のことである。

その後、『玩具』で第五十三回芥川賞を受賞し、今では芸術院会員にまで、昇り詰めている。

かつて朝日新聞福井支局が「ふくい百年の人脈」という企画ものを連載。それを、「月刊福井」で単行本にして、県内書店で販売した。その時私は、「発刊の趣旨」と題するパンフに、

福井大学学長　藤野清久
福井市長　島田博道
福井銀行頭取　市橋賢
福井商工会議所会頭　藤原長司
福井県教育長　岡島繁
福井県立図書館長　久我元

などと共に、津村節子にも推薦文を書いてもらった。

「風土と芸術」と題する原稿用紙一枚に書いた短文の、原稿そのものが、今でも私の手許に残っている。

表装して、書斎に飾ってあるのだ。それは「芸術を追及する者は、土壌から茸《きのこ》が頭をもた

げるようにその風土から生れるものである。（以下略）と書き出されている。

昭和三十九年の末『さい果て』が第十一回新潮社同人雑誌賞になった時、「日本海作家」発行人の白崎昭一郎氏に一頁書評を書いてもらい「月刊福井」に発表したこともある。『さい果て』で同人雑誌賞、『玩具』で芥川賞受賞後の活躍ぶりは、今さらここに書くまでもあるまい。が、私事を書くと、それは昭和四十二年の初秋だった。出版社の企画で藤島高校に講演に来た時、私は宿舎の「香炉園」を訪ねてインタビューをした。

それが、初対面である。インタビューが終ったあと、「街へ出ましょう」ということになり、片町辺りを歩いた。

「この辺に父がやっていた織物商社の北原商店があったのよ」

小学校の同級生も入って街を歩いた時のスナップが私のアルバムに貼ってある。

井の頭の自宅へ遊びに行ったこともある。

津村節子について語りはじめるとキリがない。片町のクラブでは「彼女」と間違えられたり――と、思えば長いつきあいである。年賀状をはじめとするハガキが何百枚あるか。

今度、引き出して数えてみよう。

⑩　津村節子　井の頭で北村西望に会う

「あァらサーさん。また彼女かえたの……」

福井市片町の、行きつけのクラブに津村節子氏を伴って行った時のことである。

その時は、津村・吉村の夫妻が、私の「文部大臣表彰」の祝いに来福され、浜町の「やま田」での祝宴が終り、二次会に行った。

県立図書館にいた詩人の広部英一も誘って津村・坂本の二人連れ。吉村・広部の二人連れは、半歩遅れて入ったのである。

その頃の私の遊びぶりが、マダムのひとことで言いつくされている。

「また、彼女かえたの」とは、言い得て妙。よく言ったものである。

私は、そのマダムに執心していたので、およばれ宴席の二次会には、必ず、芸者を伴ってそこへ行っていた。

パトロンも知っていたが、そんなことはおかまいなし。ひとの持ち物に手を出すのはスリルがあって楽しいものである。

一度などは「あした、彼が、富山の刑務所から出てくるの。これで終りにしましょ」と、一回戦が終ったあとに言われてゾッとしたこともある。

その頃の私は、夜遊びが好きで、芸者・ホステス・コンパニオンにハイミスと当りかまわずに遊び散らしていた。

モテモテおっさんではないけれど、過去に傷あとのある女には、妙に縁があった。

それはともかく、津村さんには東京井の頭公園近くの自宅に招待されて、行ったことがある。十二時の約束の時間まで「間《ま》」があったので井の頭公園を、時間つぶしに歩き廻ったら北村西望のアトリエがあった。

戸が半開きになっているので中をのぞいたら後から「よろしかったらどうぞお入り下さい」と言われてビックリした。私の背後に北村西望が立っていたのである。

確か、百歳を越えていたと思うが、丸くて大きく、天井が高いその原作展示館を、自ら案内してくれたのである。

百点あったか二百点か、さだかではないが真ん中の広いスペースに、あの長崎の平和の像の大きな原型があったのである。

銅像、ブロンズ——などの原型は、古代から現代までの超有名人のが、ギッシリと並んでいた。

あれは、津村宅への時間つぶしにしては、全くの儲けものであった。

⑩　津村節子　井の頭で北村声望に会う

十二時五分前に玄関のベルを押すと、女中（今はお手伝いサン）が同時に二人出てきて、

「どちらのセンセイでしょうか」

と、問われた。津村・吉村の担当女中が別々にいたのである。

高見秋子夫人と青山毅・浜川博の四人で世田谷奥《おく》の吉行淳之介宅を訪ねた時にも、吉行と宮城まり子の二人の女中がいて「どちらの先生でしょう」と、問われたことがある。

私も、二人の女中を雇う身分になりたい。

⑪ 小池昌代「詩人の小池昌代さん、三国で講演」

今年（平成二十七年）の初夏、上出純宏氏から厚《あつ》目の封書が届いた。開けると「荒磯忌」の案内で、それとは別にゲスト講師小池昌代氏の略歴が三枚綴りで入っていた。

主に著作歴という著書名。一九八二年津田塾大学国際関係学科卒業。一九八八年、第一詩集「水の町から歩きだして」（思潮社刊）ラ・メール新人賞、花椿賞、「もっとも官能的な部屋」で、第三十回高見順賞受賞——などなど、と。写していったら、夜が明けてしまう。

講演が終わってから「名刺交換」をした。裏には英語？　ローマ字？　で住所その他が書いてある。
平成二十七年七月八日の福井新聞には「詩人・小池さん高見文学を語る。十九日、坂井で荒磯忌」とあって、本文は、
〈今年没後五十年を迎える坂井市三国町出身の作家・高見順をしのぶ第三十一回荒磯忌が十九日に開かれる。同日午後一時から、菩提寺の円蔵寺＝同市三国町宿二丁目＝で詩人で作家の小池昌代さん（東京）を招いた文学講演会が開かれる。小池さんは、一九五九年生れ。著書に『永遠に来ないバス』『もっとも官能的な部屋』（高見順賞）『屋上への誘惑』（講談社エッセイ賞）『タタド』（川端康成文学賞）『ババ、バサラ、サラバ』（小野十三郎賞）『コルカタ』（萩原朔太郎賞）などがある。
講演会では「高見順の死について」（仮称）と題して自身の文学観との違いなどを語る〉
とあるが、当日は主に高見順『如何なる星の下に』についてをテーマに話した。
高見順をそれほど読んでいないと見えて、高見文学よりは、一般論が多くて、私はタイクツであったが、終って昼食・一五〇〇円の出前弁当を喰いながらの雑談の方が、小池さんは、生き生きとしていた。

⑪　小池昌代「詩人の小池昌代さん、三国で講演」

私はその時、①『通勤電車でよむ詩集』②『おめでとう』③『小説への誘い――日本と世界の名作一二〇』の三点を持参して、本の扉にサインをしてもらった。「坂本満津夫様　小

池昌代」とサインペンで書いてくれた。

帰宅後、自著を三冊（『高見順論』・『評伝高見順』・『昭和文学の傷痕』）送ったら、丁寧で長い二つ折りの変ったハガキ？　が来た。そこには「『文芸復興』をまず最初に読んで、一層、坂本さんに親しみを覚えました」という御世辞から始って「私の手元には広部英一さんの全詩集がありますが、坂本さんの唯一のご親友だったと読んで驚きました。坂本さんにもお目にかかったことをきっかけに、広部さんの詩にも新しく向きあえそうです」とあった。

広部クンは、日本詩壇の著名人だったことがこれで知れる。その裏には「県民福井」の写真入りの「詩人の小池昌代さん、三国で講演」（西島良平）という記事が貼ってあった。

懐かしい限りである。

⑫　下重暁子　不良老年になって頑張って

下重暁子の『家族という病』を読んだ。

下重暁子の本は何冊か読んで、下重暁子とは〝顔馴染み〟なのである。

手近な所では『純愛』『不良老年のすすめ』『くちずさみたくなる名詩』などがあった。

それに、略歴の所に「父が職業軍人として宇都宮師団に在任中、宇都宮で育つ」とあったのをみて、「遠縁《とうえん》の児」のように、親しみをもってしまったのである。

私は、単純そのもの。好き嫌いが激しいのに、その好き嫌いになる原因は、極めて単純。テレビタレントなんかを見ていても、「あのヒゲヅラが嫌い」「目立ち過ぎアセリ過ぎが嫌い」――と、極めて単純なのである。

下重暁子を好きになったのも、テレビで見る姿形が上品。場を心得ている。そしてチャンと目立つ。結局、何も彼もが好きなのである。

さて『家族という病』であるが、これも、如何なる場合も、ベッタリとはせずに、距離を置く基本姿勢である。

『家族という病』におかされないで、父は父、母は母、弟は弟――として距離をおくことである。

〈向きあわないといけないとずっと思いながら、つらくて避けてきた。月日がたって、私も（心を）裸にすることができるようになった〉

これは七十九歳という年齢である。七十九歳といえば私より四ツ歳下の「老人」。超高齢者である。

画家志望の父が、志望をあきらめて軍人になる。戦後、公職追放で職に就けず「武士の商法」で、いろいろとやるが、いずれもが失敗、経済的にも苦労した——と新聞にはあったが、基本は、「いい家《うち》の児《こ》」。

早稲田の国文科を卒でＮＨＫに入局、スターアナウンサーとして昇りつめる。

〈父を思うと本当に悲しい。憧れの対象だったのに落ちた偶像になる姿をこの日で見て、優しくできなかった〉

私は、父母兄弟姉妹——一人も無い「ひとりっ児」なので、こうした肉親の話は、何を書いても、結局はノロケ節ではないか、と、シラケてしまうタチなのだが、この「家族という病」だけは、最後まで読んだ。

それは、この文章の距離の取り方のうまさにある、と、思った。

「落ちた偶像になる姿をこの日で見て」とは仲々、書けないものである。

「近しい肉親の多くが亡くなり傘寿を前につくづく思うのは「愛する対象がほしい」ということだ」と言う。

今日は彼岸の中日。家人は墓詣りに行くが、私は行く墓が無い。下重さんは、色々と思うことがあって、それだけシアワセだと思います。下重サン、頑張って

⑬　下重暁子・黒田夏子　自分を掘り続ける二人

二人の名前自体が題号（タイトル）で、名前と名前の中間に〝群れない　媚びない　こうやって生きてきた〟と書いてある。「六十年来の同級生の対談」本なのだが、私は下重暁子が好きであった。

ＮＨＫのアナウンサーとしての下重暁子を見た時、一日で好きになった。好きになってしまった、のである。

奥付の略歴をみると、下重暁子は、早稲田大学教育学部国語国文科卒。ＮＨＫに入局、女性トップアナウンサーとして活躍後、フリーとなり、民放キャスターを経た後、文筆活動に入る。日本ペンクラブ副会長、日本旅行作家協会々長――それに著者多数。

昔、音のその昔、日本ペンクラブは川端康成会長、高見順専務理事の時「世界ペン大会」を日本（東京）でやり、世界からの来訪者を京都見物に案内したときのことを、高見順のエッセイで読んだ記憶があるが、私は、ペンクラブには入らず「日本文芸家協会」の会員にだけなっている。

それはともあれ、ＮＨＫのスターアナウンサーであった下重さんは、退局後は文筆家として活躍している。

私の書棚には、何冊かの「彼女の著書」がある。ところで、近著『黒田夏子・下重暁子』であるが、これは完璧に版元（海竜社）の企画もの。

目次をみると、

第一章　七〇歳も八〇歳もただの通過点。
第二章　病気と孤独によって自覚させられた。
第三章　もがいて、あらがって、遠回りしながら、やりたいことをつらぬいてきた。
第四章　何かを選ぶことは、何かを捨てること。
第五章　自分が表現したいことを目指して言葉で生け捕り、自分を掘り続ける。

などの中見出しで解る通り、自分の体験を許に、〝人生訓話〟的なことを、語り合った本である。

相手の「黒田夏子」は〝芥川賞作家〟。七十五歳の時に発表した「ａｂ《エービー》さんご」で一四八回芥川賞を受償した。

二人は、早稲田大学の国語国文科で同級生だったのである。黒田夏子が芥川賞を受賞した時、最高齢者の受賞としてマスコミの話題になったことを記憶する。

〈「はじめに――同じ匂いがした……」

――受賞インタビューが終って別室で彼女に会った時、瞼の奥に湧いてくるものがあった。

いつもと変らずさり気なく私の前に立つ彼女は冷静で、私のほうが高揚していた。ここ数年、こんな嬉しい事はなかった〉
女の友情もここまでくれば、ホントかしら――と茶化す気にはなれない。
群れず、媚びずに生きているのは、私も同じなのだが、こうした友情にめぐり合ってはいない。こちらがバカなのか。

⑭　黒古一夫　戦争文学をもっと語って！

黒古一夫（文芸評論家）の「戦争文学は語る」を、楽しみに読んでいる。

今日（平成二十七年九月四日）は、林京子の『祭りの場』が論じられている。
スクラップブックをめくってみると、⑬原民喜「夏の花」、⑫遠藤周作「海と毒薬」、⑪野間宏「真空地帯」――とあるので、最初から見直すことにした。

①大岡昇平「野火」、②井伏鱒二「遥拝隊長」、③石川達三「生きてゐる兵隊」、④武田泰淳「審判」、⑤五味川純平「人間の條件」、⑥長谷川四郎「シベリヤ物語」、高杉一郎「極光のかげに」、⑦古山高麗雄「プレオー8《ユイット》の夜明け」、⑧島尾敏雄「出孤島記」「出発は遂に訪れず」、

⑨小田実「玉砕」、⑩大城立裕「亀甲墓」――。

これら、十三回までの作品は、若年の頃、胸躍らせて朗読した作品ばかりである。

特に、大岡昇平の『野火』、五味川純平の『人間の條件』、高杉一郎の『極光のかげに』、小田実の『玉砕』――などは、今、こうして書いていても、作品内容がよみがえってきて、「なんて戦後文学は凄かったんだ」と、思うのである。

世代論でくくるのは、雑に過ぎるかも知れないが、文学史でいう「第一次戦後派」は、大正末頃の生まれで、大東亜戦争の体験者なのである。

野間宏の『真空地帯』などは、映画まで見た。上官に殴られるシーンでは、俺も中学二年生の春、上級生に殴られたっけ――と、変な共感をもって見た。

戦中の教訓は、上級生は絶対に正《せい》。先生に到っては神様のような存在であった。

国家統制とか、人間統制とかは、上下関係を絶対視するのが、単純明快なのだろうが、それにしても、上級生が下級生を殴るのは当り前――とは東條サンも単純な人だったんだな。

俺は、一体、何を書こうとしているのか。訳が解らなくなってしまった。

黒古一夫は、戦争文学をどう読むか。どう読めばいいのか？　を論じているのだろうが、敗戦後に、借り物の民主主義でノホホンと育った私たち、「内向の世代」にとっては、戦争文学などは、どうでもいいことである。

私にとっての大東亜戦争とは、東京空襲で焼かれ、宇都宮に疎開したらそこでまた焼かれたので、憎ッくきアメリカ——あれから七十年を経て、八十三歳になった今でも、私はアメリカは嫌いである。アメリカの世界制覇政策は飴と鞭、ではなくて飴だけ。いいことばかりを輸出して、世界市場で大儲け作戦。

そういえば敗戦直後、中学二年生の私は、進駐軍にチュインガムかチョコレートをもらうのが楽しみであった。

爆弾で焼きはらっておいて、進駐して来たアメリカ兵は、子供たちにチョコレートをくれて手馴けた。今も、同じ手法である。

⑮ 中野重治　大地主の息子がプロ文に

中野重治世代のプロレタリア文学者は、必ずと言っていいほど大地主の息子なのは何故だろう。

若年の頃の私は、プロレタリア文学に嵌っていて、沢山の本を読んだ。江口渙などは栃木県烏《からす》山町に疎開していた故もあってか、青木書店の本をあさり『たたかいの作家同盟記』と題する評論集まで買っておいた。

江口渙も、ご多分にもれず上流階級の出身である。父は軍医総監というから、森鷗外と同じである。それがプロレタリア文学の旗頭なのである。

中野重治について書くつもりが、いきなり江口渙に飛び火してしまったが、中野重治も地方地主というか、豪農の次男息子である。

日本現代文学全集七十の年譜をみると――

〈明治三十五年一月二十五日、福井県坂井郡高橋村一本田に生れる。大正八年十八歳・九月、金沢市の第四高等学校文科乙類に入学。大正十年三月落第する。大正十二年三月、三度目の落第をする。大正十三年三月四高を卒業。四月東京帝大独文科に入学。昭和二年三月東京帝大を卒業――この頃から文学をやり「ハイネ」、「文芸戦線」「ゴーリキーへの手紙」「プロレタリア芸術」を創刊。昭和五年二十九歳、四月原泉と結婚。日本共産党への活動資金提供のかどで治安維持法違反の容疑で逮捕。豊多摩刑務所に収容、起訴される。昭和六年三十歳、ナップ出版部から「中野重治詩集」の製本中、警察に押収、禁止される〉

この略歴には、ナップ・コップ・治安維持法――と、プロレタリア文学の読者には、おなじみの言葉が、ゴロゴロと出てくる。

私は、中野重治は『村の家』『歌のわかれ』『甲乙丙丁』ぐらいしか読んでいないが、中野重治論だけは沢山並んでいる。定道明氏の四冊をはじめ、中野重治は文芸評論家によく論じられる作家である。

文学とは、全く関係ないことで、思い出したことがある。

それは佐多稲子絡みのことで、あれはいつだったか。中野重治旧宅跡に、妹の「中野鈴子の文学碑」が建ち、その除幕式があった。

私は広部君と連れだって、そこに出席した。その時の写真が、私のアルバムに今もある。それは冬だったのか。参会者に「おしるこ」がふるまわれた。

私は、佐多稲子にお椀を渡され、感激して頂いた記憶がある。「おしるこ」がふるまわれたのだから、確か、冬である。

佐多稲子は最晩年に近く、豊かな白髪を結っていて、私はそれを広部君に「貴婆《きばばあ》」といったら、貴婆では良くない。もっと上手に考え直せ——と忠告された記憶がある。

中野重治というと、やっぱり佐多稲子につながってしまうのは、どうしたことか。学歴ゼロと東大独文科——落差があり過ぎるのに文学の世界は、面白いものである。

⑯「大波小波」昭和八年から今日まで続く

今日（平成二十七年十一月十六日）の「大波小波」は、「図書館に何が起きている」であった。

私は、「大波小波」の愛読者で、敗戦直後の昭和二十一年、中学二年生の頃から読んでいる。

その頃私は、東京市芝区浜松町から、祖母の実家の宇都宮市に疎開していたが、そこでは県紙「下野《しもつけ》新聞」の他に「東京新聞」と「朝日新聞」を取っていた。

大人たちが読み捨てにする新聞を盗み読みするのが好きな悪ガキであったが、中学生の私には朝日の天声人語よりも東京新聞の「大波小波」の方が解りやすく、面白かったのである。

終りの一行に、必ずチクリと一刺しがあって、それが面白かったのである。

あれから七十余年。八十四歳の私は、今でも「県民福井」では、真っ先に「大波小波」に目を通す。だいたい新聞は読む物ではなくて、見るものである。

一面から二面、三面と、大見出しだけを見て済ます。関心がある記事だけを読む。

これを書くために「大波小波」の本があった筈だと、書庫を探したら、あった。

『大波小波　匿名批評にみる昭和文学史』小田切進編の一巻二巻三巻四巻——とあった。

　第一巻　一九三三年～四十二年。

第二巻　一九四九年～五十四年。

第三巻　一九五五年〜五十九年。

第四巻　一九六〇年〜六十四年（昭和三十四年）。

つまり、昭和八年一月五日の「疑惑・幻滅・裸——小穴隆一の『二つの繪』」から始って、昭和三十九年十二月二十二日の「教授の性詩論」までが、四冊の単行本になっている。

版元は勿論、東京新聞出版で、第四巻は昭和五十四年九月一日第一刷発行と奥付にある。

試みに、頁を繰ってみると、以前にも精読したと見えて、赤線だらけである。

その赤線の一つに（昭和十二年五月二十一日）「高見順の啖呵」——作家と批評家の背地——とのタイトルで〈保田與重郎の現代小説家軽蔑に対して、保田君ごときに私たちの小説が認められるのは恥にこそなれ名誉にはならない〉とケンカをふっている。

「日本浪曼派」と「人民文庫」の大ゲンカのはじまりか。この辺のことは『現代日本文学論争史』（未来社刊）に、詳しく描かれている。

昭和十二年九月十一日には「事変と文学」と題して、永井荷風の『濹東綺譚《きだん》』や川端康成の『雪国』などを引き合いに出して、支那事変と文学について論述している。

現物を引き合いに出して、詳述していったらキリが無い。

⑯　「大波小波」昭和八年から今日まで続く

とにかく「大波小波」は都新聞・国民新聞・東京新聞（中日と県民福井）と、今日まで続いている、名物コラムなのである。

⑰ 杉本秀太郎　大学教授の『文学演技』

杉本秀太郎『文学演技』の奥付頁には、略歴があって、〈一九三一年京都生れ。京都大学仏文科卒。現在、京都女子大学教授。著書「大田垣蓮月」「洛中生息」「文学の紋帖」「形の生命」「リヒャルト・シュトラウス」他〉と、ある。

奥付頁右の「初出一覧」を見ると、何故、この本を買ったのかが、解らなくなった。

とにかく、ムズカシイのである。

「読者に」の位置（「ユリイカ」ボードレール特集号・青土社）

小説の音楽（「展望」一九七六年十一月号）

ドビュッシー（「知の考古学」社会思想社）

竹（第二十三号）

金髪と黒髪（同五十三号）

宗達（青春と読書」四十二号）

額縁について（「ちくま」一九七六年十二月号）

わが偏書記（「図書新聞」一九七六年七月二十四日）

マルジナリヤ（「京都新聞」一九七六年十月二十八日）

⑰　杉本秀太郎　大学教授の『文学演技』

祇園祭私記（「中央公論」一九七六年八月号）
『航西日記』の渋沢栄一（「展望」一九七六年五月号）
小林太市郎の手紙（「全集四巻」）
荷風断腸（「文学」一九七六年十月号）

と、写してきたが、どこに魅かれたのか、これでも解らない。

唯一つだけ、「荷風断腸」は私も関心があったので、それかも知れないが、それにしても杉本秀太郎という人は、解りのいいことをムズカシク表現するのが、うまい人である。

これを読み直しながら私は、若年も若年、二十頃の自分を想起した。

大学二、三年生の歳頃《としごろ》は、女高生を相手に、フランス文学とかドイツ文学、果てはロシア文学のトルストイやドストエフスキーなどについて、知ったか振りをして、女子大生を煙に巻いたものだが、この本を読むと、それを思い出さされた。

ボードレール、ドビュッシー、フロマンタンの「ドミニック」、チボーデ、マシス、ジイドなどなど、中見出しを拾って行くと、「ああ、俺も二十《はたち》頃はこんなだったなァ」と納得させられるのである。

私は若年の頃、ロベルトとクララのシューマン夫妻に嵌ったことがあって、その評伝を精読した。

それは、その頃、交際っていた「彼女」が、武庫川女子大学のピアノ科を卒業して、女子高の音楽科の教師をしていたので、それに合わせるために、ヤタラと外国の音楽を聞き、評伝などを読んだ。「音楽の友」という月刊雑誌も定期購読したものである。

杉本秀太郎について書くつもりで始めたのだが、横丁に脱線・深入りしてしまった。

これは、私の習性で同業者は「わき見運転の常習犯」と茶化してくれた。

とにかく杉本秀太郎は、ムズカシイ。

⑱ 稲木信夫　詩集『溶けていく闇』

詩集『溶けていく闇』をもらった。

中野重治の妹・中野鈴子の研究者として『詩人・中野鈴子の生涯』では、第二十六回壺井繁治賞を受賞している。

著者略歴をみると、〈一九三六年福井市生れ。一九四五年福井市空襲被災。十代を丸岡町で過し、詩人中野鈴子と出会う〉――とあって、日本現代詩会、詩人会議、水脈、ゆきのした文化協会、福井県詩人懇話会所属とある。

著書も沢山出していて『詩集・きょうのたたかいが』『碑《ひ》は雨にぬれ』『すずこ記・詩人中野鈴子の青春』『詩人・中野鈴子を追う』『福井空襲　午前一時』他著書多数ともある。

さて『溶けていく闇』であるが、まず、タイトルがいい。

「私の心は今も燃えつづけている。六十余年前故郷福井の街を襲った大空襲。それはもはや〈炎〉ではなく〈非炎〉と呼ぶしかない。その日から、火焔そのものの人生を生きてきた。魂が鎮まることはない」

つまり〈非炎〉と呼ぶしかない〈火焔〉そのものの人生を生きてきた私の魂を鎮めようとして、この『詩集・溶けていく闇』を書いたのである。私（坂本）も一九四五年三月十日の東京大空襲の時、東京市芝区浜松町に住んでいて焼かれ、宇都宮に疎開したら、そこでまた焼かれた。B29が、グオーン・グオーンと群れを成して成層圏を飛んでき、爆弾と焼夷弾を同時に落していった。空を見上げるとそれが見えた。あれから、七十余年を経た今でも、私は、アメリカが嫌いである。

少年の頃、アメリカ兵（進駐軍）が、チョコレートやチュインガムをくれ、コッペパンを配給されたが、それでもアメリカは嫌いである。

それはともかく『溶けていく闇』を、中原中也風——と言ってはホメ言葉にならぬかも知れないが〈非炎〉という作品には、

⑱　稲木信夫　詩集『溶けていく闇』

音がなく／音も死んで／人も死んで／あるいはかろうじて生きて／地の底から／柱のわきで／わけあってたつ炎／（略）九歳の私／炎が消えて／炎をさがしているのは私なのかとある。

新刊書評には「空襲体験を生々しく」とあったが、世界制覇を狙うアメリカに対して私の間は、今でも溶けないのである。

それはともあれ、「福井新聞」では、稲木信夫の作品を大きく取りあげている。五段見出しで稲木信夫氏のカラー写真付き。「詩で伝える稲木信夫さん（七十九）。容赦なく／無防備な人／皆殺し、――母の胸、用水で一命――」と大きな見出し。戦後七十年・福井空襲の記憶。

稲木氏とは、文学仲間として、ご近所住いの友人として、長らくつきあって来たが、この詩集は「もって銘すべし」。間を溶かしてくれるかも知れない。

⑲「ふくい往来」楽しい読物がいっぱい

文学仲間の栗波昭文氏から「ふくい往来」の創刊号が届いた。二〇一五年九月七日発行とある。

手紙が入っていて、そこには「今度、いろいろな分野の方々と、作品をまとめてみました。ご指導をいただければ大変うれしいです」とあった。

著　者「ふくい往来」同人

編集・発行人

松村加代子

黒田三博

西田哲章

栗波昭文

と、奥付には、あった。頁を繰ると、

上田三平渾身の生涯　大橋正博

桜花しぐれ観音慕情　岡村昌二郎

明智光秀一乗劇デビュー　栗波昭文

八十爺の戦中戦後　　　　神田三十

宇野重吉の風景　　　　松村加代子

などなど——

「八十爺の戦中戦後」を読んでみた。私も八十三爺だからである。

〈今年の春休み、孫が来て、耕運機を回してくれた。途中コーヒーを飲みながら、一服した。

「爺ちゃん、今年は終戦七十周年の年やの。その頃爺ちゃんは小学校何年やったの？」

「四年生の時やったな。もっとも入学した年昭和十七年からそれまで尋常小学校と言っていたものを、国民学校と改められて六年生までを初等科といった。そして義務教育でなかった高等科が二年の義務教育になった」〉

うん、そうだそうだ、そうだった——と、私は魅き込まれて行った。

私は、これよりも四歳年上のようだが、通年動員とか言って、町の工場《こうば》で働かされたり、宇都宮飛行場の草苅りに行かされた記憶がある。勉強よりも、体を使って働かされたのである。

そして、何かと言えば一列横隊に並ばされて、上級生にビンタを喰わされた。

先生も、それを大目に見るどころか、なぐる上級生に加わって、ビンタを喰らわしたのである。

私は、先生に好かれていた故か、ビンタの時には、号令かけに回されて、「サカモト、コッチへ来て、先生の代りに号令をかけろ!!」

大人になって考えると、うちのお婆《ばあ》がセンセイにゴマすって、「ウチのマツオは一人っ児なので、センセイよろしくね」と、包《つつ》み金でも渡していたのかも知れない、と、思った。

とにかく、私は、小学生時代は先生に可愛がられた記憶がある。

私たちの小学一年生の国語読本は「サイタサイタ　サクラガサイタ」「コイコイシロコイ」だったと思うがさだかではない。

何しろ七十余年も前のことである。「ふくい往来」には、色んなことがのっていて楽しい。

⑳『芥川賞・直木賞一五〇回全記録』を読む

タイトルに「一五〇回全記録」とある通りの本である。菊池寛（一八八八〜一九四八）の「芥川・直木賞制定」から始って、代々の受賞者が紹介されていく。

第一回の石川達三（芥川賞）と川口松太郎（直木賞）の受賞者の顔写真とプロフィールから始って、一五〇回まで克明に書いてある。

私の読書歴にもなるが「鶴八鶴次郎」「暢気眼鏡」「乗合馬車」「上総風土記」「長江デルタ」「青果の市」「闘牛」「異邦人」「広場の孤独」「悪い仲間」「驟雨」「太陽の季節」「お吟さま」「裸の王様」「花のれん」「総会屋錦城」「梟の城」「錯乱」「忍ぶ川」「背徳のメス」「雁の寺」「鯨神」「孤独の岸」「感傷旅行」「されどわれらが日々―」「玩具」「北の河」「白い罌粟《けし》」「蒼ざめた馬を見よ」「アメリカひじき」「三匹の蟹」「赤頭巾ちゃん気をつけて」「アカシヤの大連」「長良川」「手鎖心中」「鶸」「暗殺の年輪」「草のつるぎ」「月山」「鬼の詩」「あの夕陽」「雨やどり」「祭りの場」「志賀島」「復讐《ふくしゅう》するは我にあり」「限りなく透明に近いブルー」「エーゲ海に捧ぐ」「一絃の琴」「やまあいの煙」「小さな貴婦人」「光抱く友よ」「青桐」「演歌の虫」「熟れてゆく夏」(一〇〇)(昭和六十三年下半期まで)

この辺りまでは、受賞作に興味をもっていたが、それ以降は、芥川・直木の受賞作だからと言って、精読しなくなったのかも。

昭和六十三年とは、六年生れの私は、五十七歳という計算になるが、この頃から老化がはじまったのかもしれない。

一二〇回の芥川賞作「日蝕」などは、解らぬではないが、面白くない。

小説は、面白くなければダメ。論文を読むのではない――と、言うのが私の読書観で、ここ近年の小説は、大説ばかりであると思う。

大説は「哲学」とか「倫理学」の方でやってもらえばいいので、私は、あくまでも小説読みなのである。

ところで、「小説」が「文学」になったのはいつ頃、何故？　なのだろう。

「小説」が「文学」と呼ばれるようになったあたりから、小説が、大説になったような気がする。

具体的には、大江健三郎が「飼育」で芥川賞を受賞した第三十九回（昭和三十三年）辺りから「小説」が「文学」になってしまったように思う。

その後、昭和三十五年の下半期・第四十四回の芥川賞を、三浦哲郎の「忍ぶ川」が受賞した。

この時私は『忍ぶ川』を五冊も買って親友たちに配った。芸術座へ芝居も見に行った。

若尾文子の「志乃」が階段を登る姿は、今でも思い出す。三浦哲郎と黒岩重吾の本は、書棚にゴマンと並んでいる。

㉑『芥川賞物語』川口則弘の執念調査に感嘆

オビのキャッチコピーに〈派手な受賞は叩かれる。地味な受賞は嘆かれる〉――と大書したあとに、

〈特異で滑稽、けれども絶対気になる日本一有名な文学賞。その第一回から第一四七回までの受賞作と候補作の選考過程にまつわるエピソードを網羅した「権威」と「喧騒」のドキュメント〉

と、ある。

「芥川賞が創設されるまで──まえがきにかえて」は、こう書き出される。

〈芥川賞は正式名を芥川龍之介賞という。創設されたのは一九三四年・昭和九年である。文藝春秋社（当時）の社主・菊池寛が発案し、同社の佐々木茂索専務以下、社員たちの手によってつくられた。まもなく八十周年を迎える。

いまや日本に文学賞は数多くある。だがおそらく、国内の文学賞といって、大半の人が第一に思い浮かべるのは芥川賞だろう。

私自身、一介の小説好きに過ぎないが、芥川賞のことは子供の頃から聞き知っている〉

第五章　失速――若手作家に厳しく、授賞なし頻発
第六章　延命――圧倒的な知名度、他の賞を寄せつけず
第七章　独走――結局、誰も止められないままに
主要参考文献　あとがき

の章立てで、詳細に論じている。
第一回の「蒼氓」石川達三から、一四七回の「冥土《めいど》めぐり」鹿島田真希までを、選考経過から、作品内容の略述、時代性――と、よくここまで調べたものだと、感心した。
そこで、奥付頁の著者略歴をみると、
〈一九七二年、東京都生れ。筑波大学比較文化学類卒。二〇〇〇年よりリホームページ「直木賞のすべて」を運営。二〇〇八年、そのなかにサブコンテンツの「芥川賞のすべて・のようなもの」を開設、編著書「消えた受賞作　直木賞編」「消えた直木賞　男たちの足音編」
本書がはじめての単著書となる〉
そして発行元は、バジリコ株式会社で初版は二〇一三年一月一七日に発行されている。
「あとがき」には〈ここまで芥川賞のことばかり書いてきた。最後なので正直なところを書

く。私は直木賞が好きである〉とあるが、私（坂本）も直木賞の受賞作の方が好きである。第一回では「蒼氓」よりも川口松太郎の「鶴八鶴次郎」の方が好き。東京へ芝居まで見に行った。芥川賞では記憶にあるのは三浦哲郎の「忍ぶ川」ぐらい。これも芸術座で芝居を見た。直木賞は大衆文学、芥川賞は純文学という区分が悪いのである。

㉒『直木賞物語』五百頁もの一冊ご苦労サン

前作の『芥川賞物語』が当ったので、版元では、そんなら直木賞も、ということになったのだろう。芥川賞物語は二〇一三年一月一七日に初版。この『直木賞物語』は、ざっと一年後の二〇一四年一月十一日に初版発行とある。そして、この本の奥付頁には「ヨミゴロです。直木賞物語」川口則弘著という新聞記事のスクラップまで貼ってあった。それには、〈著者によると、直木賞は「実態にとらえどころがない」、扱う対象の作品が幅広く、選考基準が変転したためだ。

折々の話題を断片としてつなぎ合わされて不完全なイメージを持たれ、調査や研究も進んでいない。そんな問題意識から賞の風景を忠実に描写し、五〇〇ページ近くを費やした〉

ちなみに、目次から、私の記憶にある作品名を洗い出すと、「鶴八鶴次郎」「風流深川唄」（川口松太郎）「上総風土記」（村上元三）「強力伝」（新田次郎）「お吟さま」（今東光）「花のれん」（山崎豊子）「総会屋錦城」（城山三郎）「背徳のメス」（黒岩重吾）「雁《がん》の寺」（水上勉）「白い罌粟《けし》」（立原正秋）「蒼《あお》ざめた馬を見よ」（五木寛之）「雨やどり」（半村良）「復讐するは我にあり」（佐木隆三）「演歌の虫」（山口洋子）「吉原手引草」（松井今朝子）「ホテルローヤル」（桜木紫乃）――などなど。洗い出したらキリがない。

そこで、詳述を飛ばして「あとがき」を見ると、

〈編集者には編集者の、作家には作家の、また読者には読者の、さまざまな角度から見た直木賞というものがあって、直木賞の魅力にはおそらく限りがない。これからも、多彩な直木賞本が生まれていくだろう。生まれてほしい。直木賞ファンとしての、心の底からの願いである〉

と結んでいる。

私も、直木賞ファンというか、直木賞受賞作家の書いた「小説」の方が、物語性があって面白いからである。

純文学と大衆文学——と、論議された時、確か海音寺潮五郎だったと思うが、「純文学も大衆文学もない。ただ、いい小説か悪い小説かがあるだけだ」と、言い放って話題になったことがある。

私も、そう思う。純不純、大衆小説——など何ら関係ない。読者の私としては、ただただいい小説、面白い小説が読みたいだけである。

小説がブンガクになったあたりから、ムズカシケレバ純文学——と、誰が評価するのか、大学准教授クラスの文芸評論家が決めるのか、どうか知らないが、とにかく現在の文学は、内面に入り過ぎるので、哲学書を読まされているみたいで、面白くない。川口松太郎さんよ、もう一度、出て来てほしい。

㉓『直木三十五作品集』文藝春秋の大仕事

八三一頁。定価三千二百円。株式会社文藝春秋刊。平成元年二月十五日第一刷発行。

と、奥付にはある。今から二十七年も前の本である。

オビには「直木三十五賞　百回記念出版」——と大きくあり、下のキャッチコピーには、〈直木賞に不滅の名をとどめる直木三十五。その代名詞ともいうべき長編「南国太平記」に「三人の相馬大作」「寺坂吉右衛門の逃亡」「寛永武道館」の三短編。「大衆文芸作法」「死ぬまでを語る」「大阪を歩く」等、三篇の随筆を併せ、詳細な年譜と解説を附した保存版〉とある。

末尾には、尾崎秀樹の書いた「直木三十五年譜」と「解説」が六頁も附いている。

若年の頃「南国太平記」や「寺坂吉右衛門の逃亡」は読んだ記憶があるが、歌舞伎芝居の好きな私は「寺坂吉右衛門」などは、芝居で見ただけかも知れない。

とにかく「寺坂吉右衛門の逃亡」を見る。

「忠臣蔵・討ち入り直前」の話である。寺坂吉右衛門は「下郎」で「武士」では無いので、一人前に扱われていないのである。

〈「肌身付けの金を分ける」

と、内蔵之助が云った。大高源吾が、風呂敷包の中から、紙に包んだ物を出して、自分の左右へ

「順に」

と、いって渡した。人々は、手から手へ、金を取次いだ。源吾が

「四十四、四十五、四十六っ」

と、いって、その最後の一つも自分の右に置いた。内蔵之助の後方に、坐っていた寺坂

吉右衛門はさっと、顔を赤くして、俯いた。と、同時に、内蔵之助が、

「これで、有金、残らず始末した」

と、いった。吉右衛門は、口惜しさに、爆発しそうだった。

士分以外の、唯一人の下郎として、今まで従ってきたが――

(この間際になっても、俺を、身分ちがいにするのか?)

と、思った。悲しさよりも、憤りが、熱風のように、頭の中を吹き廻った〉

士農工商と、身分社会の厳しかった江戸時代は、「下郎」は、一人前に扱われなかったのである。そこに、寺坂吉右衛門の苦悩があった。(俺の心が判らないのか?――そんなら、もう仇討は、よしだ。――それとも、判っておるか? 太夫。判っているなら、何故、士分と同じに取扱ってはくれん)。

「忠臣蔵四十七士」の物語を前提にして、下郎吉右衛門が仲間はずれにされる苦悩の内面を描いたのが、この作品である。

解りのいい短編小説である。

㉔　乾緑郎『鬼と三日月――山中鹿之介、参る！』

少年の時、『山中鹿之助』は、むさぼり読んだ。『真田十勇士』とか『大菩薩峠』『銭形平次』などは、オババに「早く寝ろ！」と、怒られても、フトンの中で、かくれて読んだものである。中でも『山中鹿之助』は、よく読んだ。

「俺も、大人《おとな》になったら、こんなサムライになりたい」と、でも思ったのか。私は、少年時代から、「小説の作中人物」に憧がれて、それになり切って読んだものである。

八十四歳の今日でも、そのケイコウはある。

ともかく、作品に就く。

〈第一章　新宮党

「この悪餓鬼どもめ、己のやったことがわかっているのか！」

雷鳴のような怒鳴り声とともに、堅く握られた拳骨が山中甚次郎の頭に振り下ろされた。目の前に火花が散り、幼い甚次郎はその場に昏倒した。

「善四郎、お前もだ！」

続けて、ぎゃっという声が上がり、新宮善四郎が折り重なるようにして甚次郎の上に倒れてくる。

「かようにこの者たちも深く改悛の情を示しておる。拙者が十分に油を絞っておく故、この度のことは赦せ……」
ぶっ倒れた甚次郎と善四郎の首根っこを摑んで引き起し、吏部こと新宮誠久は、再び屋敷の前で二人に土下座の体勢を取らせた。
「もう良い。たかが子供の喧嘩だ」
軒先に立つ佐久間主膳が、不愉快そうに言い放つ〉
前段の物語が六十四頁まで続いて、六十五頁でやっと、
〈父、山中三河守満幸が使っていた鹿角の兜を譲り受けた甚次郎は、それを機に、名を改めることにした。
――山中鹿之介幸盛《ゆきもり》と。
永禄八年（一五六五年）九月
鹿之介は、齢二十一歳の青年に育っていた。
尼子勢と毛利勢の戦いである〉
この作品は「時代小説」というのか「歴史小説」と呼ぶのか、解らない。
「講釈師　見て来たような嘘を言い」との狂句があるが、この作品も、調べた事実と、作者の創作とがないまざって、どこまでが本当で、どこからが嘘なのか、解らない。

ここが、うまい小説というのかも知れないが、「小説読み」の私にとっては、今一つ、しっくりしないものがある。

子供の時に読んだ「講談社の絵本」だったかの「山中鹿之介」は、もっと解りよかったように思ったが……。

奥付裏には「忍び外伝」「忍び秘伝」などの広告があって「第二回朝日時代小説大賞受賞作・選考委員激賞」——とあるから、他の作品も読んでからの、ことにしようか。

㉕　小前亮『月に捧ぐは清き酒　鴻池流事始』

末尾（三五〇頁）から見ていく。

〈鴻池家では、新右衛門を始祖とし、その息子の善右衛門正成を初代とする。当主が代々、善右衛門を通称とするようになったのは、三代目からだ。後年、鴻池善右衛門は縮めて鴻善と呼ばれた。

初代正成は海運業に力を注ぎ、西国大名から藩米を大阪の蔵に運び、大阪の物資を江戸に運んで財を成した。とくに上客だったのが岡山藩である。

江戸時代の大名は年貢米を金に替えて藩の財政を運営する。

鴻池家は幕府に公認された十人両替の一員として、幕府の経済政策の一翼をになうとともに、大名貸しで莫大な資本を蓄積する。

豪商となった鴻池家は、新右衛門以来伝わる家訓をもとに節制につとめ、堅実な経営で代を重ねた。分家も発展し、鴻池一族は諸藩の生殺を握るほどの影響力を持つようになる。

明治維新によって、大名貸しの借金は帳消しとなったが、鴻池家は揺らがなかった。以後は鴻池財閥として、新しい日本とともに歩む。鴻池財閥は経済界に大きな足跡を残しており、中核たる鴻池銀行は三和銀行を経て、三菱東京ＵＦＪ銀行に連なっている。

第二次大戦後の財閥解体によって、鴻池家は表舞台から消えていった。

しかし、新右衛門が開発した清酒は、様々に改良されて、今も人々に幸せをもたらしている。新右衛門の願いのごとく……〉

これが、終章である。

私は貧乏育ちの故か、大財閥家には、深い興味があって、細川元総理大臣とか鹿島建設とか、鳩山家とかを書いた本が沢山ある。

夏、軽井沢に行くと、財閥家の別荘を見物するのが好きで、初めの頃は、朝の九時から夕方五時ぐらいまで、ハイヤーで、別荘見物をして廻ったぐらいである。

鳩山家の別荘三万坪、細川家も三万坪、鹿島家に至っては、別荘敷地内にテニスコートは当り前、ヘリポートまであった。

万平ホテルに泊って、軽井沢の別荘見物――上を向いて歩くにしては、何か、一寸、あわれな感じでもあるが、当方のゼイタクは、「他人の別荘を見物する」程度で、あわれもいいところである。

さきに細川元首相のことをチラッと書いたが、『権不十年』『ことばを旅する』『不東庵日常』などの著書があった。

鴻池家も立派な家柄であろうが、細川家もまた、七百年も続いた名家である。

『月に捧ぐは清き酒』の鴻池家は、酒造会社として今日まで続いている名家である。

貧乏育ちの私は、こうした名家には、弱いのである。

㉖　細川護煕　元首相の『権不十年』精読

表紙カバーの裏側に、細川さんの略歴があって、それによると、

〈一九三八年東京生れ。上智大学法学部卒業。旧熊本藩主細川家十八代当主。朝日新聞記

者を経て一九七一年から参議院議員二期。この間大蔵政務次官、自民党副幹事長等を歴任。一九八三年から熊本県知事二期。日本一づくり運動などを推進。斬新なアイデアと行動力で全国的な話題を呼んだが、権力は十年すると腐敗するとして三選不出馬。九一年二月から臨時行政改革推進審議会の豊かなくらし部会長に立場を変え、国政にメスを入れる。九二年五月七日、日本新党を結成し、党代表として今日に至る。著書に「明日はござなくそうろう」「鄙の論理」(共著) などがある〉

一九九二年一月三十日にＮＨＫから出版されたこの本の略歴を写しただけで、一枚が終ってしまった。

目次を繰ると、

①野草に聴かせる歌
②古聖人の道から
③学ぶということ
④地金を磨くこと
⑤そこで翔べ・地方人
⑥豊かさとは何か
⑦文化と効率

⑧武家政治の流儀

などの章立てがあって、「軽井沢山荘」「二時間の別世界」「一流の人と会え」「文武両道」「たしなみの力」「知性とウィット」「恐怖のワンパターン」「諸悪の根源・補助金」「花に十日の紅なし」「リーダーの五つの条件」「武家政治の時代」などの小見出に魅かれた。

なかでも「花に十日の紅なし」は、前にも精読したと見えて、赤線だらけであった。

〈「辞めるにあたって、「花に十日の紅なし、権は十年久しからず」と、私の心境を申し述べた。「花に十日の紅なし」――つまり、花がいつまでもきれいな赤い色のままで、咲き続けることがないように、権力というものも十年もたつと、どうしても腐ってくるものだということである〉

として、アメリカ大統領も任期は最高八年（一期四年で二期八年）だし、アメリカの知事もほとんどそうだ――と書いている。

細川護熙さんは、家柄も良く、智性と教養がギッシリと詰っており、その上自己認識が上等なのである。

したがって、引きぎわがいい。また「一流の人と会え」と言っているが、こちらが三、四流では一流の人とは縁が出来ない。祖父・細川護立のことを引き合いに出して、横山大観、小林古径、菱田春草、安田靫彦、安井曾太郎、梅原龍三郎などとの交友を書いているが、護立さんは、これらのパトロンだったのである。宮本武蔵も晩年は細川家の食客であった。

㉗ 山崎朋子『サンダカン八番娼館』の頃

山崎朋子氏に初めて会ったのは、いつだったか。さだかには思い出せない。

『サンダカン八番娼館』で、大宅壮一ノンフィクション賞を受賞した時、福井県立図書館にいた広部英一の所へ遊びに来た。

広部クンは公務員の端くれなので、勤務時間中は「私事」は出来ない。

そこで、午後の一時頃、私の事務所の電話が鳴った。

「山崎さんが、これからキミの事務所へ行くから、夕方まで相手をしてくれ」

ということで、まもなく山崎朋子氏が、福井駅前にあった私の事務所へ来た。

私より、一つ歳下の昭和七年生れ、姿型《すがたかたち》は超都会人風というか知識人風なのだが、鎖骨に長〜い髪をたらしたのが、何か不思議であった。首の辺りを隠しているように見えたのである。

それはともかく、夕方近くまで、ざっと四時間近くもの間、どうして時間をつぶすか、困ったものである。

エッーイーままよ！　とばかりに、昼間からやっている「秋吉」に連れて行った。焼きとり、と、いうか串焼きで乾杯、ということにした。

山崎さんは、悪びれる風もなく、極く自然にふるまってくれた（内面はともかく）。そこで調子に乗った私は、今度は常連のクラブを開けてもらい、そこへ行った。ダンスをしたり、カラオケを歌ったりして、広部クンが来るのを、待った。

雑談の内容は忘れたが、『サンダカン八番娼館』がベストセラーの頃だったので、山崎さんも張切っていたのかも知れない。

私たちに、調子を合わせてくれたのである。その後、何年後か。『サンダカンまで』（二〇〇一年十二月初版）、『アジア女性交流史（昭和期編）』（二〇一二年十一月初版）などの著書が贈呈された。今もある。

二冊ともに福井新聞のスクラップが貼ってある。

山崎朋子さん自叙伝『サンダカンまで』韓国、中国で翻訳出版。との見出しで、カラーの顔写真まであった。

もう一つは『アジア女性交流史』のもので、二〇一三年（平成二十五年）三月十三日付のもの。それは、〈山崎朋子（ノンフィクション作家）「アジア女性交流史」完結。名もなき女性、描き続け、

「知りたい」の一心で、達成〉。二つの写真が載っている。

『アジア女性史』と表現すると実態がボヤケてしまうが、気取らずに言えば、東南アジアに女郎として売られた女たち——のことである。「八番娼館」とは女郎屋のことなのである。

昭和三十三年の、「売春防止法」の故か、「女郎屋」は禁句になってしまい、キレイごとで済ましているが、これは、東南アジアへ売られた日本女性の「女郎史」なのである。

㉘ 小林敦子　就実大学准教授の仕事ぶり

名刺綴りに「小林敦子」の名刺があった。

上部の余白に「平成二十七年十月三十一日・ふるさと文学館にて」と書いてあった。

それは「就実大学。人文学部・表現文化学科・准教授」——とあって、下方に住所と電話番号が書いてあった。

初対面である。しかし私は、笠間書院から出た『生としての文学——高見順論』（二〇一〇年十二月二十五日初版）を読んでいたので、親しみをおぼえ、初対面の気分ではなかった。

著者略歴には〈一九七八年、北海道生れ、京都大学大学院文学研究科博士後期課程修了。

㉘　小林敦子　就実大学准教授の仕事ぶり

現在、京都大学大学院文学研究科非常勤講師。文学博士〉――とある。

その後、岡山の「就実大学」に移ったのだろう。

とにかく『生としての文学――高見順論』を読むことにしよう。

オビには、

〈「文学とは何か」を考えるために――生涯と作品、思想を追うことで、高見順にとっての「文学」を問う。「最後の文士」と呼ばれた高見順の作品性に光を当てる書。高見順は生涯を通し、どのように文学を考え、その理解を深化させていたのだろうか〉

――と、あって、目次をめくると、

序論　　主題について
第一章　選ばれた文学
第二章　現実としての文学
第三章　戦争と文学
第四章　思想としての文学
第五章　生としての文学

の、章立てになっている。

「アナーキズムと昭和文学」「マルクス主義と転向」「不安の時代と反リアリズム」「文学非

力説」「敗戦日記」「革命芸術と芸術革命」「昭和時代を書く——歴史としての現実」などの「小見出し」が目についた。

私は、五冊もの『高見順論』を出しているので、あれ？　こんなこと——と、言うのはなかったが、どこにポイントを置くか、が、気になった。

〈「身は売っても芸は売らぬ」という言葉は、高見順を象徴するスタイルとして、よく知られている（文学非力説）。

戦時中「日本文学報国会」的な体制迎合の御用文学に対しての、ささやかな反抗が「文学非力説」であった。

そして、南方へ報道員として行かされると、軍の戦勝には目を向けず「ビルマ戦場の草木」などと、自然見物に終始するのである〉

小林敦子氏は、私小説家・風俗小説家・高見には目を向けずに、「思想」の方に重点を置いて論じている。

いかにも「文学博士」らしい仕事ぶりである。久しぶりに『高見順論』を読んで、高見さんは忘れられていない、と、安心したのである。

㉙ 小林敦子『生としての文学――高見順論』

前項に続き『生としての文学――高見順論』を取り上げる。笠間書院から、二〇一〇年十二月二十五日に発刊されたもので、高見順論では、今のところはこれが一番最後の本なのではないのか。

著者の小林敦子氏とは、つい近年、平成二十七年十月三十一日に、福井県立図書館内に新設された「ふるさと文学館」のオープニングパーティーの会場で、初めて会って、名刺交換をしたことは前述した。

この本のカバー裏には、「最後の文士」と呼ばれたように、同時代の作家たちの敬意は、何よりも、高見が作家であることに向けられている。

〈作家であることに敬意を払われる、それは、作家が作家である条件、文学者の条件――作家として無くてはならないものを、高見がそなえていたことを示している。同じ時代を生きた作家たちが、強く感じた高見順の作家性とは、如何なるものであっただろうか。本書はそこにあらためて光を当てたい――はしがきより――〉

と、ある。

第五章には、

〈アナーキズム──生の拡充としての文学、「芸術革命」と「革命芸術」、アナーキズムへの回帰、生としての文学──「いやな感じ」、昭和時代を書く──歴史としての現実、「二つの世界」を生きる、「自我の拡充」と生と死──〉などの小見出しがあって、これを写しただけで、この本の内容というか、ポイントが見えてくる。

私は（坂本）は、高見文学の要諦は「私小説」だと思っている一人だが、この小林さんは「私小説家高見順」の視点には、全くふれていない。

しかし、この本で、一番の努力賞ものは「註」である。一番から三三八番まで、よくこれだけ調べたものである。学者先生の特質かも知れないが、それにしても──と、感服した。

一九三三年五月「日暦」第八巻に発表した「感傷」、保田與重郎との「日本浪曼派論争」、矢崎弾の「高見順論」など今日では、殆ど知られていないのである。

㉚　佐々木幹郎　高見順より中原中也

佐々木幹郎氏の名刺には「〇八・七・一三日荒磯忌にて──中原中也に熱い男・二時間半喋

りづめ――」と書いてあった。
二〇〇八年というと、今から七年前である。そして「樹木」の十号には、「第二十二回高見順賞贈呈式。式次第」――と題する小さな紙が貼ってあって、そこには、

一、開会のあいさつ　大岡信
一、第二十二回高見順賞選考経過　佐佐木幸綱
一、賞の贈呈　中村真一郎
　　　　　　　高見秋子
一、佐々木幹郎氏について　高橋睦郎
　　〃　　　　チェトラ・プラタップ・アディカリ
一、受賞のことば　佐々木幹郎
一、花束贈呈
　記念パーティ
　乾杯　自由懇談
（司会・伊藤比呂美）

と、あって、目次面をみると――

第二十二回「高見順賞」決定
受賞詩集「蜜蜂採り」より
受賞の言葉　佐々木幹郎
選評　中村稔「選後感」丸谷才一「言葉の芸を見物する」佐々木幸綱「できたての山の魅力」那珂太郎「小感」安藤元雄「詩のよろこび」

高見順賞の詩人たち　大病癒えて　岡田隆彦
受賞前後の出来ごと　新藤涼子
含羞の笑顔の向こうに　高見さんの思い出　矢口　純
振興会より　高見秋子
高見順賞受賞者一覧・高見順賞について
題字　樹木　高村光太郎
高見賞の詩人たち　中村真一郎
表紙画・カット　高見　順

これが、すべてである。

そこで、「受賞の言葉」をみると「キーミイ」とのタイトルで、〈「蜂蜜採り」という詩集の構成が出来上ったのは、ヒマラヤの山の中だった。幸福と不幸とがちょうど同じ分量でバランスをとったようで、複雑な気分になった。

数年間書きためた詩論のコピーをリュックに詰めて、標高四千二百メートルの山奥の村に入ったのは二年前の夏のこと。その村を通過して、さらに北方にある標高五千二百メートルの峠を越えるつもりだった」〉

と、書き出されている。

それはともあれ、「荒磯忌」にゲスト講師として来たのに、佐々木幹郎さんは、高見順の文学や詩については、一言も話さず、中原中也について、喋り続けたのである。

終って雑談の時、それをいうと「会場の人たちは大の高見ファンだと思ったので、敢えてさけました」と、ケロリと云ったのである。「ああ、なるほど」と、私は納得した。

佐々木幹郎は登山家でもあるのか。増永迪男氏と話し合ってみたい、と、思った。

「文芸復興」三十三号（二〇一六年十一月十八日発行）掲載

随時随感　三〇章　㈣

① 吉増剛造　解らないから「読む」

吉増氏の名刺には、二〇一二年七月八日「荒磯忌」にて、ゲスト講師。「奥の細道論」と書いてあった。

これも、佐々木幹郎氏が「中原中也論」に終始したのと同じく、「奥の細道」論というか、「芭蕉」論に、終始したのである。

私も、芭蕉については、他人様が書いた本を沢山並べてあるので、吉増氏の発言で、新しい発見はなかったが、あの執着ぶりには、感心、脱帽した。

詩人とか、ゲイジュツ家という者は、一つのことに、執着するのが特質だとは思うが、それにしても、と、言いたい気分も残る。

何しろ、荒磯忌のゲスト講師なのだから、高見順についても、少しは語ってほしかったのである。

そこで「樹木」(高見順文学振興会会報) Vol.11号の「選評」(うごく詩集) を見ることにする。

〈詩集というものが浮かべる姿やかたち——のあたらしい輪郭と波紋に注目しつつ、今年の詩集を読んでいた。昨年この欄では詩の器（うつわ）詩のあたらしい炉といういい方をしていたのだが、姿なきものの姿を追う、漁るのもあるいは束ねるにも、労多く骨の折れる歩行はつづいている。動態としての詩集を求めて、と幾冊も幾冊も詩集を読みつつ内心の声を聞いていた。選考の日は東京にはめずらしい大雪（の次）の日、三冊（「夏の渕」「月の山」「融点の探求」）に決めて選考会に来たのだが、端正で心暖まる吉野弘「陽を浴びて」や「脳膜メンマ」（ねじめ正一）の大業（荒業ではなくて）に未練を残した。「月の山」の重く苦しい詩行の罅割れからゆっくりと滲み出る、たとえば「ながい時間の袋のなかに／ひとの傷みを寄せ集め／搾りあげ／平たく消していく〉

ああーシンド。詩を読むのもシンドイが、詩人の書いた選評を読むのも、シンドくさいものである。

「樹木」の、この号には、入沢康夫、鈴木志郎康、荒川洋治の座談会「詩はどこへいくのか」が載っているので、それを読むことにする。

〈ただ、このところ言葉に対する読者の意識が変ってきた。言葉がもし海であるとすれば、その海の塩分みたいなものがかなり違ってきているわけで、そのことに対するメジャーの側からの対応としてぼくはとらえたい〉

と、荒川洋治が語ると、それを入沢康夫は、
〈それはカッコつき現代詩という意味ね〉
と、とらえている。カッコつき現代詩とは、飛躍の多い、解らない現代詩。——ということか。詩人で親友の言い分では、広部クンに教えをこう訳にもいかず、解らないままに、これを書いている。詩の解らない私が、何故、高見順賞に関心があるのか。それすらもつきつめてみると、解らない。解らないことだらけである。

② 小田切進 日本近代文学館の三代目理事長

小田切さんの名刺には、「昭和六十年三月十五日赤坂プリンスホテルにて」と、書いてあった。三十年も前のことである。

日本近代文学館　理事長
神奈川文学振興会　理事長
県立神奈川近代文学館　館長
小田切　進

と、あって、裏には、文学館の住所・電話番号の他に、調布市の自宅住所と電話。それに「立教大学」の住所と電話も書いてあった。文芸評論家の小田切さんは、大学教授でもあったのである。

書庫に入って小田切さんの著書を探すと、小田切進コーナーにあるわ、あるわ。

そこで『日本近代文学年表』にしようか『近代日本の日記』にしようか、と、迷ったが結局、『小田切進・エッセー選Ⅲ』にした。

サブタイトルに「一期一会」とあって、書き出しが「病床の高見さん」とあったからである。

小田切さんは、高見順の一の乾分？　で、高見さんが「日本近代文学館」を創る時、理事長の高見順に着いて、専務理事として、寄附集めに、いつも同伴していたのである。

高見亡き後は、二代目の伊藤整に同道した。この「一期一会」にも「病床の高見さん」の次には――

勝本清一郎氏を悼む

伊藤整氏を悼んで――日本文学に損失・文学館での伊藤さん・伊藤さんの一面――

追悼　塩田良平――近代文学研究の開拓者

川端康成――あたたかい人・行動の人――

武者小路実篤――巨人の足跡

上林暁――畏敬の人

などなどとあって、主に「学兄たち」の追悼文が収められている。
そこで、最初の「病床の高見さん」を見ると、
〈高見さんの病状が目だって悪くなったのは、この春（昭和四十年）の三月下旬ころからだった。三月のはじめに二度目ののどの手術をしたあとは、誰の日にも衰弱が進んでいるのがわかった。「暖かくなったら、また散歩ができるようになりますよ」と言うと、その頃は六月に予定されていた近代文学館の起工式に、その時は是非でかけて敷地の駒場公園を見たいと、強い気力をもって答えられた〉
と、書き出されて、末尾には、
〈それでも「日記」が終ったら、とにかく「激流」をつづけたい、と元気で再び小説が書ける状態になることを待ちのぞんでいた〉
と、書かれている。
この本には、沢山の交友関係が書かれているのだが、高見順読みの私は、ここでも、高見順に深入りしてしまった。巖谷大四の「あとがき」も大事だが、もう紙数がつきた。

③　石光葆《しげる》『高見順』（人と作品）

これは、昭和四年三月十日に清水書院から出版された「人と作品」シリーズの一冊である。石光葆は、高見順と同人雑誌仲間で、いわば盟友による『高見順論』である。

この本の「序」には、こう書いてある。

〈この「人と作品」シリーズは、立教大学日本文学研究室の大学院に籍をおく新進の学究者を中心として、福田清人教授監修のもとに、それぞれ日ごろ研究している作家を一本にまとめたもので、（略）高見順の文学や人間に関する論評は、それ自身がつねに新しい問題を提起する男だっただけに、それに誘発されるかのごとく、これまでにも数多く見うけられた。しかし、ほとんどは新聞雑誌に発表される程度で、まとまった高見順研究の書というのは、後日をまつしかないようである。ましてや伝記に類するものは死して歳月も浅いせいか、まだお目にかかったことがない。本書をもって嚆矢《こうし》とするのではあるまいか〉

と、勢いはいいのであるが「研究」にポイントがある故か、読みにくいのである。

それでも「石光葆さん」は、学究ではないので、

第一編　高見順の生涯

日陰の生態

③　石光葆『高見順』（人と作品）

自我の模索
昭和文学の騎手
病魔との対決
第二編　作品と解説
故旧忘れ得べき
外資会社
如何なる星の下に
水面
いやな感じ
年譜
参考文献
さくいん

と、解りのいい、見出しがついている。

この本は、買った時に「精読」したと見えて、赤線だらけ。

父親・坂本釤之助、永井荷風、麻布飯倉の古地図、三歳のころの高見順、七、八歳ごろの高見（左端）岡本家にて、一高受験用の写真、一高の校庭にて、日暦、「日暦」第十号記念会、左から高見、大谷藤子、矢田津世子、円地文子、岡田禎子、高藤武馬。――などなどの写真が、所々に入っていて、「気分が出る」編集になっている。

盟友が書いただけに、「悪口」はひとつもない。高見順の死後四年目で「高見順ブーム」の時代に出された本だけに、当時の雰囲気が佳く出ている本である。

〈執筆に際しては、秋子未亡人に資料や写真のご提供をあおぎ、横須賀市立図書館長竹田平氏、日暦同人砂原彪氏、そのほかの方々にご協力をいただき感謝する〉と、ある。

④　土橋治重『永遠の求道者　高見順』

「現代教養文庫」の一巻として、土橋治重が『永遠の求道者　高見順』を書いたのは、昭和四十八年の八月三十日である。

「現代教養文庫」は、社会思想社が発刊したもので、社会思想社は様々な分野の文庫本を出版していた。

ざっと、四十年も前のことである。

さて、『永遠の求道者　高見順』であるが、〝あとがき〟にはこうある。

〈わたくしはかつて高見順と同じ「日本未来派」という詩誌に属し、同じ時期に詩を書いてきたものとして、この小伝では詩人としての高見順の業績にライトを当てたいという気持があった。

わたくしはこれから何年かさき、年をとってゆっくり時間を得たとき、老眼鏡を拭き拭き、この稀有の詩人について、もう一度書きたいという思いに駆られている。

それというのも、わたくしはこの詩人の詩に、真実、異常な魅力を感じるからでもある。それは詩の表現や生理が共通するのと、同時代感が強くするためかもしれない〉

と、書いている。つまり「同時代人」が書いた高見順なのである。

目次を繰ると、①よろこばれない出生　②立身出世を夢見て　③みどりの青春　④苦難のみち　⑤饒舌体の新進作家　⑥高見順の時代　⑦日本を離れて　③太平洋戦争　⑨中年の詩人誕生　⑩充実した創作活動　⑪ガンに冒されて――とあって、末尾には「年譜」「高見順研究案内――小川和佑」「あとがき」と、ある。

私は、①よろこばれない出生　④苦難のみち――に興味をもった。

高見順読みの読者ならば、知りつくしている事だろうが、やっぱり「私生児誕生」は高見文学では、さけては通れない。

それに「苦難のみち」である。

〈愛子との生活は、順に女性の愛がどのようにこころの空間を満たすのかを教えた。彼は充実を感じた〉のはいいのだが、その後がいけない。高見順は、〈昭和八年二月末のある日、高見順は同志との街頭連絡中捕えられ、大森署に留置された。小林多喜二が捕えられ、築地署で拷問によって死んだのは、数日前の二〇日のことであった〉〈順が留置されていた留守中、妻の愛子は酒場勤めをしていて、妻子ある四〇男と親しくなって〉家出してしまったのである。

ブタ箱で拷問され、出てくると妻に逃げられでは、踏んだり蹴ったり――こんな苦難の道はない。

しかし、この苦難の道こそが、作家高見順の出発・出世への道となったのである。

私は、文学とは苦の出発だと思っているので、苦難のない人生を歩いた人の作品には、全く、興味が無い。

⑤　奥野健男『高見順』

これは「文學界」に連載した「昭和文学の基軸」の中の「高見順版」なのである。

⑤　奥野健男『高見順』

文芸雑誌好きの私は、その頃「文學界」「新潮」「群像」の文芸三誌を定期購読していた。その中でも、昭和文学に興味のあった私は、奥野健男の「昭和文学の基軸」は精読していた。ところで、この本の、書き出しには、

〈ぼくらにとっての「高見順」は、「太宰治論」の前に書かれるべきものであった。少なくとも「伊藤整論」を書いた時、それは一緒に書かれねばならなかった。

その頃、ぼくの心の中では、高見順、太宰治、伊藤整の三人は、まるで血のつながった兄弟のような存在であった〉

とあるのだが、私（坂本）には、森山啓、亀井勝一郎、阿部知二、島木健作――なども「昭和文学史」のなかでは「兄弟」のような存在であった。

そして、これらを総括したのが、平野謙と奥野健男などであった。次いでに、山本健吉と中村光夫なども忘れてはならない。

これらの人たちは、文芸評論家として、昭和文学の中に生きてきたのである。

さて、奥野健男の『高見順』論であるが、〈含羞について、時代について、小説この不思議なるもの、長編群「昭和」の構想、昭和十年代文学とは何か?、「我が饒舌」を読んで、「家庭」文学の逆襲、高見順――その人間、高見順――その文学〉と続くのである。

高見順読みの私は、平野謙、山本健吉、中村光夫――それに一寸下って奥野健男、私と同

世代の江藤淳などの「現代文学論」を片手に、現代文学を読んできたのである。

それに、ゴシップメーカーと言われた十返肇の現場感覚のゴシップも好きであった。作家と同道して、ゴシップを仕入れるのである。あれは「面白かった」。

昭和四十八年八月に書かれたこの本の「あとがき」には、

〈当時高見さんは悪性の食道ガンと闘って居られた。ぼくは高見さんの再起を願って、高見さんの生きているうちに高見順に対する僕の恋歌のごとき、しかし内容は書いて行くと思わず悪口になって行く、評論を懸命に書いた〉

とある。

これは、当然である。作家論は、評論家による「恋歌」か「恋文」なのは当然である。嫌いな作家を精読して論じるバカはいない。好きなればこその「悪口」なのである。惚れた女の欠点をあげつらうようなもので、基本は惚れているからこそ見えてくる欠点なのである。

基本の所に「情感」の無い作家論などは、学者先生の「研究論文」みたいで、読む気が起こらない。

奥野健男の「高見順」は、好きなればこその「悪口」も少しは入った、いい論文なのである。

⑥ 高見順『現代詩読本 十三』

小田久郎がやっていた「思潮社」の企画もので、これは十三巻である。目次には、中村真一郎、吉行淳之介、鮎川信夫の討議と題する対談があって、それは「生と死の倫理——生命派の詩的視点」とのタイトルで十頁に及ぶもの。買った時に精読したと見えて、赤線だらけである。書き込みもある。

吉行　それは逆に言えば、高見さんの小説の弱点が、この詩を読むことによってわかってくる。ということにもつながるでしょうね。

中村　たとえばどういうふうにですか。

吉行　少し言い過ぎかな。たとえば「生命の樹」には、自分の生命の充実のために、ということがあまりに前面に出すぎている。そういう感じが詩にはもっとストレートに出ている。自分を励ます言葉を書きつけるのはいいけれども、そういうのは隠しておくものではないでしょうか。他の詩はやはり左翼からの転向文学というか、人生派の面が出すぎている。

この吉行さんの意見は、私（坂本）と全く同じ意見である。

高見順の文学は、藤村の「吾胸の底のここには、言ひがたき秘密《ひめごと》住めり――」を逆手に取って、言ひがたき秘密《ひめごと》を、自分の手でバラしてしまうところに、特質がある――とは、地方紙のエッセイに書いたことがある。

出世作の『故旧忘れ得べき』も、その次の『私生児』という短編も、自分自身の来歴を自分の手でバラした「私小説」である――というのが、私の意見である。

この『現代詩読本十三　高見順』には、様々な詩人・文士が短文をよせている。例えば、

栗津則雄　高見順と詩・沈黙そのものの表現
北村太郎　危機の詩人高見順
黒田三郎　悲しみの虹――求心的な詩
清岡卓行　高見順のこと
長谷川龍生　高見順の詩と真実
富岡多恵子　小説家の辞世
鈴木志郎康　生命の現在を掬い取る

などなどの他、川端康成、中野重治、平野謙、伊藤整、井上靖、加藤周一、金子光晴、荒川洋治、秋山清から林房雄、三島由紀夫、里見弴、武者小路実篤――などなどがエッセイを

寄せている。

これを見ると、思潮社の小田久郎が、全力投球していることが、読みとれる。

最後のグラビア頁には、少年時代、一中、一高生の頃、東大英文科卒業の時、「日暦」の同人会、日本近代文学館記念展――などの写真が沢山のっている。とにかくこの一冊は、高見順のすべてが解る一冊になっている。

⑦　上林猷夫『詩人　高見順――その生と死』

この本には、末尾に沢山のスクラップが貼ってあった。
(1)　講談社の文芸書・詩人・高見順――昭和文学の旗手の生涯と全詩集を辿る力作評伝
(2)　同伴者が〝詩人・高見順〟描く
随所に新しい発見・英和でなく和英辞典編さん――産経新聞・ふくい文化・坂本満津夫
(3)　銀座の高見順　上林猷夫（誌名不詳）
(4)　輝かしい高見順の詩の世界　広部英一（月刊福井）

等々である。

オビ文には、「いま甦る清冽な詩魂」として、

〈昭和文学の旗手、最後の文士は稀有な詩人であった――近代文学館の礎をきずき、壮絶な癌闘病の果てに「死の淵より」を残して去った高見順の運命の出生から死までを、そして詩業の一つ一つを克明に愛惜をこめて綴る〉

とあって、オビ裏には「みつめる」という詩のあとに、

〈「自分の心の底を、流れる心電図のグラフのように、はげしく振り動かして」書き残した詩作品五十余篇も収録!!〉

とあった。

そして、この本の扉には、著者上林猷夫氏からの贈呈本を証明する如くに、

　上林猷夫　印　坂本満津夫様謹呈

と、毛筆で大きく書いてある。

奥付には、一九九一年九月二十五日第一刷発行とあるから、平成三年、ざっと二十五年ほど前である。

ボケ老人の故か、上林氏と、何処で、どう会ったのか、思い出せないが、広部英一が主唱していた「詩の会」の講師として旧清水町に来た時に、雑談をしたのかも知れない。

それはともかく、この本の表紙裏には、高見さんの直筆の色紙二枚あって、一つは、「どの辺からが、天であるか」（略）と、もう一つは「新緑——そのとき、窓から　庭を見て、いきものの、いのちに、いきなり触れた」というもの。

私は、この「新緑」が好き。

病床にあった高見さんが、トイレに立った時の作品だと、解説にあったように思うが。肺病で入院中（戦後すぐの頃）の高見さんが、ベッドから起きて、トイレに立ち、トイレの窓から「新緑」を見たのである。

私も二十代の前半、ざっと二年近く、肺浸潤で入院生活をしたが、その時には、文庫本と石川啄木ばかりを読んでいた。

啄木短歌なら、八十過ぎの今でも、五十や百はスラスラと出てくると思う。

後年、会社勤めをした時、夏休みの一ヵ月、啄木歌集を片手に北海道をめぐり歩いたことがあるほど、啄木には入れあげた。わき見運転の常習犯は、脇筋に入ってしまったが、この上林さんの『詩人　高見順』には、教えられる所が多かった。

詩人が人を論じるとこうなるのか、と思ったのが、最大の収穫であった。

謝して、敬意を表しておく。

⑦　上林猷夫『詩人　高見順—その生と死』

⑧　大井靖夫『ビルマのエグザイル』

「オーウェルと高見順の場合」とのサブタイトルの付いたこの本は、一九九六年十月二十日に第一刷が発刊されている。

近代文芸社が発行したもので、おそらくは自費出版であろう。

第一章　ジョージ・オーウェルの植民地経験

第二章　ジョージ・オーウェル「ビルマの日々」覚え書き（一）

第三章　ジョージ・オーウェル「ビルマの日々」覚え書き（二）

第四章　ジョージ・オーウェル「ビルマの日々」覚え書き（三）

第五章　ジョージ・オーウェル「ビルマの日々」覚え書き（四）

第六章　ジョージ・オーウェルの戦時「ニュース解説」

第七章　ジョージ・オーウェル著作集

未収録の記事と書評、ビルマに関する七編

第八章　高見順のビルマ経験

①「ノーカナのこと」

②「印度人」ノーカナと戦時下のインド

③伊藤整の「ノーカナのこと」評
④ルイ・アレンの「ノーカナのこと」評とその他の問題
あとがき
主要な引用文献目録

とあるが、私にとって興味があったのは、第八章「高見順のビルマ経験」――「ノーカナのこと」について――だけである。

「ビルマ」については、高見順自身が、昭和十九年に『ビルマ』（伊原宇三郎・田村孝之介と共著、陸軍美術協会出版部）と『ビルマ記』（協力出版社）の二冊もの単行本を出しているからである。

これは報道班員として、南方に徴用された時の体験を許に書いたもので『ビルマ戦場の草木』というのも、確かあった筈。

年譜を精読すると、昭和十六年「徴用令により陸軍報道班として南方に赴く」昭和十七年「タイのバンコックで新年を迎えた。「新潮」七月号に『ビルマ戦線の草木』を書く」とある。

大井靖夫氏は、「高見順のビルマ経験」で何を書こうとしたのか、よく解らない。「ノーカナのこと」という作品にもふれてはいるが、「私見」が前面に出てこないのである。作家論、作品論は、まず、「俺はこう思う」から出発するべきで「私見」のない文章は読んでも解らない。面白くない。

⑧　大井靖夫『ビルマのエグザイル』

それでも初見の時には、精読したとみえて、所々に赤ペンが引いてある。
——高見順氏のこの作品は、今度の戦争によって、大東亜の各地に生じている東亜の各民族と日本人との触れ方を扱った重要な作品であると考えられる。——（昭和十八年に伊藤整が書いたことである。）

高見文学は、いつも時代の先端を走っていたのである。

⑨　亀井秀雄『作家の自伝96　高見順』

これは、日本図書センターが『作家の自伝96　高見順』と題して、一九九九年四月に出版したものである。

末尾の出版広告によると「作家の自伝・第一期全二〇巻」とあって、①二葉亭四迷、②森鷗外、③与謝野晶子、④永井荷風、⑤正宗白鳥などなどで二十人。

第二期二十巻として、㉑正岡子規、㉒樋口一葉、㉓国木田独歩、㉔夏目漱石など二十名。

第三期二〇巻、㊶泉鏡花、㊷島崎藤村、㊸石川啄木、㊹野上弥生子などで二十人。

そして高見順は第五期の、幸田露伴、小泉八雲、徳田秋声——などの中に三好達治、高見順、保田與重郎、遠藤周作――などと並んでいる。
そこで、亀井秀雄編の『高見順』は、
　文学的自叙伝
　生きて来た母へ
　わが青春について
　自叙伝
　二十五年間の写真
　青春放浪
　わが胸の底のここには「抄」
　その一　私に於ける恥の役割について
　その二　私に於ける暗い出生の翳《かげ》について
　その三　私に於ける立身出世欲について
　その七　私に於ける憧れと冒険について
　その八　私に於ける精神の飛躍について
　年譜・解説　亀井秀雄
と、あって、本文に入るのだが、どうも今少し解りにくいのである。

高見順と高見文学について、クマなく論じられているのだが、それが今ひとつピンと来ないのである。編集、製本の故か。読む本というより、資料として飾っておく本——という感じの作り方が、気になるのである。

しかし、編集・亀井秀雄の解説は、さすがなものである。元文芸評論家のものである。九頁に亘る長いもので、高見文学のすべてを言いつくしている。

亀井秀雄は、北海道大学教授となっているが、東京にいた頃は、文芸評論家として名を成していた筈である。

文芸雑誌では、おなじみの「名前」であった。そして、確か、小樽かどこかの図書館長になったと思っていたが、今は、大学教授になってしまった。

文芸評論家としての亀井秀雄の本は、何冊かあった筈。書庫に入って調べてみると、『中野重治論』(三一書房・一九七〇年刊)が見つかった。ざっと四十五年前の本である。

著者略歴には、一九三七年群馬県生れ。北海道大学国文科卒。高校教師を経て北大助教授。「位置」同人。北方文芸創刊。著書「伊藤整の世界」——などとある。

亀井秀雄の『高見順』は「生きてきた母へ」にポイントを置いた「私生児」論と言えるか。私(坂本)と同じ視点である。

⑩　梅本宣之『高見順研究』

この本は、学者先生の「研究」を特色にしている「和泉書院」から出たもので、その通りの本である。

しかし、奥付頁の著者略歴をみると、

〈梅本　宣之（うめもと　まさゆき）

一九五五年滋賀県大津市生れ。神戸大学大学院修士課程修了。主要論文「明治四十年前後の岩野泡鳴――泡鳴的デカダンの帰趨」「『さざなみ軍記』論」「中島敦と老荘思想――荘子受容を中心に」「梅崎春生『風宴』論――路地裏の隠棲者」〉

とあって、岩野泡鳴や、中島敦は、私も好きなので、買ったのかも知れない。

しかし、現職は、帝塚山学院大学文学部教授とある。

「ああァ、ダイガクのセンセイかァ」と、いうのが、私の「大学教授観」で、ダイガクのセンセイの書いたものは、面白くない。ムズカシイ――という固定観念が、私にはある。

それでも、高見順となれば、捨ててはおけない。読むことにしよう。

①　高見順作品の世界

「故旧忘れ得べき」――自己喪失の文学

「如何なる星の下に」——自己再生の文学
「仮面」の成立
「いやな感じ」私注
高見順文学の基底
高見順における反近代
高見順における南方行の意味
高見順の生命観——戦中から戦後へ
高見順と大正生命主義
高見順の道程——彷彿する自我
後書き

②

と写してきて、オッと思ったのは「高見順と大正生命主義」である。

高見さんは、大正末の自然主義文学の拠点ともいうべき「白樺」に強く魅かれている。

梅本宣之氏は「高見順と大正生命主義」の中で、〈本章では高見順の生命思想の淵源としての大正生命主義の重要な担い手である武者小路実篤および大杉栄の思想の側から今一度高見順と大正生命主義の結びつきの具体相を考察してみたい〉——として、武者小路らの「白樺」トルストイ、などに言及。メーテルリンクや木下杢《もく》太郎などをあげて、高見文学の「我の懺悔《ざんげ》に迫っていくのである。

「大正生命主義」の項あたりでは、高見文学は三階に上げて、著者の持論を中心に論文を展開している。

一中、一高、東大英文科の超秀才コースを進んだ高見さんは、一高から東大時代には文学同人誌を、次々と発行している。

結果から見れば、文章修業中ということになるが、高見さんの中では上流社会と下層階級（父と母）の生い立ちの自分はどう生きれば良いのか？　と苦悩していた時代なのである。

そして饒舌体文学で出発する。

⑪　江口渙　軍医総監のご令息がアカとは

『わが文学半世紀』（青木書店刊）で、江口渙に嵌《はま》ったのは、いつだったか。遠い遠い昔のことで日時は思い出せない。

その頃私は宇都官に住んでいて、肺病で学校を中退、ブラブラしていた。

「前進座」の地方公演が来て、ポスターを貼ったりして手伝っていた時、

「キミ、烏山《からす》にいる江口先生を迎えに行ってくれ」――と命じられ、烏山行の汽車に乗って迎えに行った。幕間狂言ではなくて「幕合い講演」とでも言うのか。芝居と芝居の「幕合い」に十分ほど、江口渙先生に講演をしてもらおうというのである。

学生の身で、使いばしりには都合よかったと見えて、私が命じられていたのである。

それが江口渙と私との初対面。その頃、江口渙は、戦争中に烏山町《からす》(栃木県)に疎開したまま、敗戦後もそこに住み着いていたのであった。

と、ここまでは前段で、書きたかったのは『たたかいの作家同盟記――わが文学半世紀』についてである。

その頃、左カブレしていた私は、左傾の本を片っ端しから買っていた。この『たたかいの作家同盟記　下』も、奥付を見ると、「一九六八年五月十五日初版。八月五日二版」とあり、新日本出版社から出ている。

次いでに略歴を見ると〈一八八七年七月東京に生まれる。作家。日本共産党名誉中央委員。日本民主主義文学同盟議長。主要作品、「赤い矢帆」「花嫁と男一匹」「三つの死」「わが文学半世紀」「続・わが文学半世紀」「たたかいの作家同盟記・上」〉等――と記されている。

目次を見ると、

十四　ハリコフ大公と文戦打倒同盟

こうして「目次」を写しただけで、この本の内容は解ろうというもの。徹底した「プロ文」である。ここまで書いてきたら、妙なことを連想した。友人の青山毅の論文に、「戦前のプロ文で、逮捕歴の無いのは江口渙と平野謙と武田麟太郎の三人だけである」とあったことである。何故か。江口渙の父は「軍医総監」で森鷗外と同じであり、タケリンの父は「警察署長」である。

⑫ 井上光晴「遊女」を中心の歴史小説

井上光晴と言えば、「九州地方の労働者文学」と思い込んでいた。

しかし、この『丸山蘭水楼の遊女たち』は労働者は労働者でも、セックス産業の労働者で、手短かに言えば「女郎」のことである。「遊女」と「女郎」は、どう違うのか。さだかではないが、戦後の言葉のインフレで「女郎」では品が悪る過ぎる、せめて「遊女」にしては、と、誰が思いついたのかは知らぬが、そうなってしまった。

つまり「女郎」は、「死語」になってしまったのである。昭和三十三年に「売春防止法」ができ、この世から「女郎屋」が消えた。

男と女がいる限りは「売春」は無くならないが、型が変っていったのである。

昭和六年生れの私は、昭和三十三年は二十七歳か？　即に家人と同居していたから「女郎買い」には行かずに済んだが、それでも、二、三度は「女郎屋街」を散歩？　した。

「おにいちゃん、よってらっしゃいよ」の呼び込み声ぐらいは聞いたことがある。

井上光晴の作品とは離れてしまったが『丸山蘭水楼の遊女たち』という題名に魅かされて、こうなってしまったのである。

ここでは、「遊女」であって「女郎」ではないのである。

「遊《あそ》び女《め》」としての女性は、セックス産業に直結するのではなくて、唄とか踊りとか三味線とか、酒の座を盛り上げる附随的手順があって、それらを経て「じゃ、今夜はこの奴にするか」となるので、経費が高くつく。一発いくらかの女郎とは違うのである。

ところで、井上光晴もこの作品では気取ってこう書いている。

〈私は以前から嘘のない歴史小説を書きたいと考えていた。文明というものの実態と、やむなくそれを受け入れながら明治への新しい権力制度を準備して行く過程こそ、私の選ぼうとする主題に最もふさわしい状況でもあったのだ。しかもあえて主題を丸山と寄合町の遊廓に限定したのは、そういう時代の変遷にかかわることなく、表面の華かさの奥に二重にも三重にも差別されながら生きねばならぬ、女たちの真底の心がそこにうごめいているからである〉

この作品は、新潮社の「純文学書き下ろし特別作品」シリーズの一巻として書かれたものだが、「この人・この本」によると「〃岸壁派〃作家・井上光晴さんの初めての歴史小説である」と書き出されて、その内容が詳しく誌されている。〈長崎丸山遊廓を舞台に愛惜と情痴、野心と絶望に身もだえする男女の生きざまを力感あふれる文体であぶり出す野心作〉とコピーにはあった。

とにかく三十三点の井上光晴作品では、めずらしい内容の作品ではある。

⑬『宮本顕治文芸評論選集　第四巻』

奥付を見ると「一九六九年六月十五日刊初版」とあって、昭和四十四年に出版されたもの。ざっと四十六年前である。ヒダリボケの最中であった。

オビ文には、〈科学的批評はどうあるべきか。一九五〇年代の、宮本百合子の文学をめぐって展開された論争を総括的に論じつくした「批判者の批判」上下二冊を一巻にまとめる。本書は、批評の科学性をあくまで追求し、創造的批評の基準、民主的文学運動のあり方をしめす本書は、今日の創作、批評活動を発展させるうえで欠かすことのできない豊富な教訓に満ちている〉とある。

⑬　『宮本顕治文芸評論選集　第四巻』

「宮本顕治」と聞いただけで、中味は解ったようなものだが、まず「はしがき」を読んでみる。
〈私はこの本で、一連の宮本百合子論議について書くとともに、あわせて「真空地帯」論などについて書きたい。
　一九五一年一月の宮本百合子の急逝後から、「人民文学」などを中心につづけられた一連の特徴的な論議について、私は一昨年らいからまとめて書くつもりでいた。雑誌に発表の予定でかなりの分の草稿までつくりながら、過労やマッカーサーの追放令中の常尾行の不自然な生活もあって、身体をわるくして執筆が延びていた〉
と、言いわけしたあとに、
〈平和を求め民族の独立を求める私たち日本人は、おたがいの力を今日大きく結びあわす必要を日々痛感している。統一戦線のだいじさは戦後のすべての時期よりも真剣に考えられはじめている〉
と進めて、
〈文学の分野でも平和と独立、人権に関心をもつ文学者の協同が、立場の相違をこえて一歩ずつひろがりつつある〉
と論じているのである。

若年の頃の私は、こういう言い廻しに魅かれたのだと思うが、平成二十八年、八十過ぎの老残の身になってみれば、「もう解った、早くホントのことを言いな」という気分になってくる。そこで、中味に分け入ってみると、

批判者の批判第一部——文学運動の前進のために
最初の登場者の方法
想像的な批評について
歴史的事実をもとにして——徳永直「小林多喜二と宮本百合子」の検討
局視批評をめぐって
批評の現実性——岩上順一「宮本百合子の生涯と文学」批判
プロレタリア文学の歴史にてらして——文学理論と作家の問題
評価の科学性——松山映「宮本百合子の評価について」検討
小林多喜二と宮本百合子　（以後略）

こう見てくると、妻・宮本百合子の批評批判に対して、夫・宮本顕治が、再批評再批判をしているようなもので、夫婦愛の論文集ということになってしまう。それもいいか。

⑭『「戦旗」「ナップ」作家集　五』

日本プロレタリア文学集の十八巻が、これである。

前に精読したことがあると見えて、赤線だらけである。

目次を見ると、高見順、金親清、安瀬利八郎、大江賢次、細野孝二郎――とあって、それぞれの作家がのっている。

ちなみに高見順のは「植木屋と廃兵」「用造のはなしと吉造のはなし」「堤を行く救済婦人会」「三・一五犠牲者」「オシャカ」「雨」「反対派」の七編がのっている。高見順の年譜によると、プロ文時代の高見順は「いわゆる文壇へ出ようなどという気はあまりなかった」というその頃の作品群である。「小説」というよりも左翼思想の普及という目的がまずあって、その普及の為には、どういう作品がいいか⁉　を前提にしたもので、いわばカベ新聞用のカベ小説であるからして、超短編ばかりである。

これらの作品については、高見順論で何度も書いているので、今回はパスしておく。

大江賢次の「煙草密耕作」と「軍需工場」も精読したし、細野孝二郎も読んだ記憶がある。

そこで、佐藤静夫という人の「解説」を読むことにする。

〈金親清（一九〇七年）千葉市院内の貧しい小作農の生れ。早くから読み書きを覚え、一九二二年に千葉町立第一部尋常高等小学校の高等科卒業の頃、同人誌「若き詩の国」を創刊。また友人に借りた「平民新聞」で「共産党宣言」を読み、さらに山田清三郎と伊藤忞の編集によって創刊された（一九二二年十一月）「新興文学」の講演会によって、文学の階級性に目を開かれた。翌一九二三年「新興文学」の事務所を訪ね、新井紀一に紹介され、その創作勉強会で岡下一郎、久板栄二郎などを知った。

一九二六年、労働農民党の結成に加わり、労働農民党千葉県連本部書記となり、野田醤油など、県下の争議の応援に廻った。この年治安維持法制定反対のビラをまき、千葉警察署に逮捕留置。一九二七年上京し、この年の四月に江口渙、越中谷利一、細野孝二郎などにより結成されたアナーキスト系を主流とする日本無産派文芸連盟に加ったが、アナーキズムに同調することができず、連盟内にあって、一九二八年三月結成のナップへの連盟の解散・合流を推進した〉

――まだまだ続くのだが、小川未明・加藤武雄・中村吉蔵・中西伊之助・村松正俊・山川亮・江口渙・秋田雨雀・蔵原惟人・橋本正一・田中英士――プロ文読みの私にとては、お馴染みの名が次々と出てくる。

ともあれ「ナップ」「戦旗」を読み出したら、スウーッと二〇代・三〇代・四〇代がよみがえってきて、あの頃は良かったなア、俺も一生懸命勉強してきたもんだ、ということになる。

⑮『日本プロレタリア文学大系　八』

私の書庫にはこのテの本が沢山あって、どれを選び出していいか迷ってしまう。

プロ文好きの私は、大正末から昭和初年に発刊されたプロ文系の「文学雑誌」の復刻版が、ダンボールに箱詰めされたまま、ドサッと積んである。

それはともかく、ここでは一九五五年（昭和三十年）三一書房が発刊した『日本プロレタリア文学大系』の第八巻を出してみた。野間宏が編集代表で①小説、②評論、③詩・短歌・俳句、附・戦後詩人集・短歌――と章分けされている。

目次面《づら》を眺めると、伊藤永之介、佐多稲子、壺井栄、宮本百合子、中野重治、橋本英吉、葉山嘉樹、徳川直、広津和郎、岩上順一、中島健蔵、花田清輝、小田切秀雄、河上肇、小熊秀雄、金子光晴、小野十三郎、赤木健介――などなど九〇人もの名が連なっている。

詩・短歌・俳句――などからも選び出しているので、こうなったのだろうが、本好きな私ですらも未知の名前が沢山ある。

この大冊を、ペラペラとめくっていたら、赤木健介という人の「七月二日」が、日にとまった。

七月二日　　赤木健介

入獄を明日にひかえて

片づけたい仕事は多けれど
朝から夜まで
多くの友よりおくられし
友情にあふれる酒を飲みたり
これでよし
何もかも片づけすぎては
人生があまりに四角四面となる
どこかにすきのあるのが
美しい余白というものだ
迷惑する人があるかも知れないが
出そうと思って出さなかった手紙があるのも
また面白くはないか　（後略）

〝入獄〟を〝入院〟に書き直すと、戦前戦中の青年の心情にスッポリと重なってくる。戦前の左翼運動は、こうして命がけだったのである。左翼運動と言えば私は、島木健作に嵌ったことがある。

島木健作の「文学」は、塀の外と内との出入り自体が「文学」であった。

敗戦後の、私たちのデモ行進は遊半分もいいところで、「今日は、何もやることが無いからデモにでも歩くか」。

その頃、金持ちの学生は、映画館か喫茶店。金の無い奴はデモでうさばらししていた。金も無く、彼女もいない貧乏学生のうさばらしは唯一、デモに参加して警官とやり合うことだったのである。

一本三枚で、これで五十本仕上った。

いいかげんな人生の終りに近く「随時随感」とやったら、こうなってしまった。

これで終りにする。

⑯「季刊文科」六十六号で終り？　では困るの

「季刊文科」の六十六号には、チラシが入っていて、それには、
〈新編集委員を迎えて二冊目の「季刊文科」六十六号をお届けいたします。
今回は、編集委員の松本徹と縁の深い新井満先生をお迎えしての対談を掲載しております。

新連載として、佐藤洋二郎氏の「『私小説』を歩く」、富岡幸一郎氏の次回からの連載の序章ともなる「『命を削る』文学とは何か」が掲載されました。〉

と、あって、二一七頁もの大冊なのだが、平成二十七年八月十八日発行の、六十六号を終りにして、ツンともカンとも音沙汰がない。

私は、「季刊文科」の発行元の鳥影社に、購読料の「前納」として、一万六千円を送ったのだが、それにも音信不通。一体、「季刊文科」は、どうなっているのだろう。

大河内昭爾氏が健在ならば、大河内氏に問いたいのだが。——

新編集員として名を連ねている①青木健、②伊藤氏貴、③勝又浩、④佐藤洋二郎、⑤津村節子、⑥富岡幸一郎、⑦中沢けい、③松本徹、⑨松本道介の九名のうち、私が知っているのは津村節子氏だけ。それも津村さんは、吉村昭亡きあと、名を貸しているだけのようである。勝又浩、松本徹、松本道介——などは、「季刊文科」生え抜き——というか、「季刊文科」で知った人たちである。

中沢けいは『海を感じる時』以来の読者。

景気のいい「編集後記」を読んで、それで終りだったのは「人民文庫」の武田麟太郎だったが、六十六号の編集後記も、景気がいい。

二一七頁もの大冊に「人民文庫」のタケリンを重ねるのは、全く以って失礼だが、次を期待して、待つことにしよう。

私は、文芸雑誌が好きで「文芸同人誌」となると、黙ってはいられない。

古くは、エライ人たちばかりが集った「聲」（全六巻）を始め、「季刊・文学的立場」全八巻（二期）。これは、小田切進が中心になって、八木書店が発行したもの。

その他、日本近代文学館が復刻して、ほるぷが販売した戦前も戦前。昭和初期の「文芸同人誌」が、ドサッと積んである。

その頃、日本近代文学館にいた青山毅クンの手引きで、学割で買ったと覚えている。

「季刊文科」について書くつもりが、ワキ道へ深入りしてしまった。

「わき見運転の常習犯」といわれているのだから、これは仕方のないことである。

六十六号の「目次面《づら》」を眺めると、「頼まれ仕事」ではなくて、書きたい事を書きたいように書く。――のを主趣にしている「季刊文科」だけあって、読者は「おいてけぼり」である。

自分が書き手で、自分だけが読者。――そういう雑誌が一冊ぐらいあってもいいが、六十七号は、いつ出るのだろう。待ちどおしい限り。

⑰ 啄木ボケのボケ老人のひとりごと

「文芸復興」三十二号「編集後記」の、私にふれた個所で、〈読み手の思惑など気にしない筆者の自由奔放な筆さばきは、ますます快調である〉——と、あったが、私は物を書く時、読者を意識したことなど一度も無い。

一億二千万人とかの、日本人などを意識したことは一度も無い。

ただ、ひたすら、自分に向って書くのである。

書き手の私と、読者の私は、いつも表裏一体なのである。

私が書いた文章の、最初の読者は私自身であるからして、書き手と読者はいつも表裏一体でつながっているのだ。

その他大勢の読者などを意識したことなどは一度も無い。

つまり、自分勝手なのである。

解らない奴は、放っておけ!!　でなければ、文章などは書けない。

五木寛之サンや瀬戸内寂聴サンは、どうだろうか。読者に媚びているのか。

読者のために、文章を書いているのだろうか。テレビで喋ったり、エッセイ集を出したりと、お忙しそうですが、影武者に踊らされているようにしか見えない。

プロデューサーが裏で、何も彼もを取り仕切っているようにしか見えないのである。

それはともあれ、ここで私の思考は啄木に飛んだ。手近かに、石川啄木の本が二冊あったからである。

『啄木歌集カラーアルバム』（芳賀書店）

『啄木再発見　青春・望郷・日本人の幸福』（NHK出版）

二冊ともに「見る本」で、頁をめくっていると楽しくなる。

短歌の上部に赤丸があったり、書き込みがあったりで、何度も、繰り返し読んでいることが知れる。

『啄木再発見』の一頁目には函館の風景写真の下部に「函館の青柳町こそかなしけれ　友の恋歌　矢ぐるまの花」がのっている。若年の頃、啄木歌集を片手に、ここを訪れたことが想起された。啄木の銅像や大沼公園、それに「啄木亭」という旅館が並んでいたことなども思い出した。

「カラーアルバム」の方には、「そのかみの　神童の名の　かなしさよ　ふるさとに来て泣くはそのこと」――小学校のボロ教室が大きく写っていた。

私は少年の頃「十《とう》の神童　二十《はたち》の天才　三十過ぎればタダのひと」と、祖母に教えられたような気がした。

それをもじれば「八十過ぎればボケ老人」と、いうことになる。

私は、知友から「時間のとまった文学青年」と茶化されて喜んでいる人間なので、啄木ボケは死ぬまで治りそうも無い。

⑱ 日曜日は大忙し

ちなみに、平成二十八年六月二十六日（日曜日）のテレビ番組表のNHK・Eテレを左に写してみる。

早朝の五時（こころの時代）に始って、NHK短歌、NHK俳句、趣味の園芸、日曜美術館、日本の話芸、日曜美術館（夜）、古典芸能への招待——と、これだけ精視したのである。

これだけテレビに漬っていると、他のことは何も出来ない。

私の「私生活」は、テレビが最優先なのである。

六十五歳で現役引退してから、二、三年はぼーっ？　としていた。二十五歳から六十五歳まで、ざっと四十年、買書・読書をしてきたのだから、これからは読むのはヤメて、書く方に廻ろう——と一大決心をして書きにかかった。

「日本海作家」に毎号百枚近くの原稿を書いた。たまると一冊の単行本にした。六十五歳から八十四歳の今日まで、ざっと二十年の間に十五冊の単行本を出した。

東京新聞出版局が出してくれた最初の高見順論をはじめにして、高見順論だけで五冊。その他、いろいろと出版したが売れたものは、一つも無い。全部初版どまりである。

それでも、東京新聞社の「高見順」は初版二千部・定価千五百円で、三十万円の印税を振り込んできた。印税をもらったのはこれだけで、後は、初版何部とも言って来ない。

「出してやるだけでも、有難く思え」というような版元のツブヤキが聞えるような気がしてくる。

ローカル文士としては「東京から本が出た」だけで大喜び、「印税」などと、思い上りも甚だしい――と、自戒することにした。

わき見運転の常習犯は、もう「わき見」に入ってしまった。ここで書きたかったのは、テレビ漬けの方である。特に今日（平成二十八年六月二十六日）のテレビでは「古典芸能への招待」の新作能「生死の川」に感動した。

森鷗外の「高瀬舟」を原典にした「新作」だそうだが、後半、幽霊の場面は凄かった。歌舞伎好きの私は「能」は得手ではない。年に一、二度は水道橋の能舞台に行ったが、同居人は金沢の育ちで「加賀宝生」を習ったことがあるとかで、チョットウルサイが、私は動かぬ能よりは、激げしく動き回る歌舞伎芝居の方が解りがいい。

「能」の「勧進帳」よりは、歌舞伎の「勧進帳」での「弁慶」の、飛び六法での引っ込みは、何度見てもワクワクする。飛び六法での引っ込みを見るために、花道の下の座席を手に入れるほどである。西側のサジキ席よりも花道の下――の方が弁慶役者の、オシロイで塗りつぶしたスネ毛まで見えて、色気がある。

また、脱線したから、これで終りにする。

⑲「天才」は角栄か慎太郎か

田中角栄をモデルにした石原慎太郎の「天才」が売れまくつている。

私の持っている「天才」は〝二十五万部突破〟――と帯にあって、二〇一六年二月二十五日発行の第五刷である。

在所の小学校卒で、総理大臣にまで昇りつめた田中角栄が「天才」なのか。それを書いて売れまくっている石原慎太郎が「天才」なのか。どちらでも良いが、両方ともに「天才」である。

十《とう》の天才・二十《はたち》の秀才・三十過ぎれば、ただの人――と、よく祖母が言っていたが、「天才」を書いた石原慎太郎もまた二十の学生時代に「太陽の季節」で芥川賞を受賞した「天才」なのである。

つまり、文士の天才が、政治家の天才を描いたのである。

手持ちの「天才」には、スクラップが二枚貼ってあって、一枚は「福井新聞」のもの。

〈作家で元東京都知事の石原慎太郎さん（八十三）が、田中角栄元首相に成り代わって一人称で語る小説「天才」（幻冬舎）を出版。若手衆議員時代の石原さんは「金権政治」を批判するなど「反田中」の急先鋒だった。ロッキード事件や日中国交回復など毀誉褒貶が激しい元首相の波乱の生涯をたどりつつ、その内面描写にも挑んだ異色の小説が話題を呼びそうだ〉

とあって「天才・角栄」生涯描く――との見出しがついている。

もう一枚は、（紙名不詳）「戦後政界の異才、角栄描く。作家・石原慎太郎さん。動機は、歴史への責任」との大見出しで六段記事である。

〈現代人は何か強烈なメッセージを渇望しているし、文学にはそれに応える役目がある――そんな信条を抱く作家の石原慎太郎さんが、田中角栄元首相を語り手とする小説「天才」を出版した。

六十年前、小説「太陽の季節」で高度消費社会の到来を予感させた作家はなぜ今、戦後政界随一の異才を描いたのか、石原さんに聞いた〉

――との前文付きで「本文」に入るのである。

〈俺はいつか必ず故郷から東京に出てこの身を立てるつもりでいた。生まれた故郷が嫌いという訳でも、家が貧しかったからという訳でも決してない。いやむしろ故郷にはいろいろな愛着があった。

しかし俺の父親というのが博労でともかく馬好きの道楽者で、道楽の極みで北海道の月寒に大牧場を持つのが夢となって、ある時オランダから種牛のホルスタインの輸入を企てた〉

と、書き出される。あとは本で読んでもらうことにして、巻末の「田中角栄・年譜と田中角栄が提案者となって成立した議員立法」が凄い。道路法、原子力基本法、豪雪地帯対策特別措置法――今、私たちはこれに守られている。

⑳ 田中角栄と「民衆の情念」

私の書棚には、
『田中角栄　一〇〇の言葉』（宝島社）
『田中角栄の金言』（ダイアプレス）
『田中角栄　明日を生き抜く三六五日の言葉』（津田太愚著・泰文堂）
『田中角栄――戦後日本の悲しき自画像』（早野透著・中公新書）
の四冊があった。

『日本列島改造論』もどこかにある筈だが、見当らないので、これだけについて書く。

早野透著『田中角栄』（中公新書）は、戦後日本政治の体現者――とのサブタイトルがあって、それは〈戦後民主主義の中から生まれ、民衆の情を揺さぶり続けた男の栄光と蹉跌〉とのキャッチコピーが書かれているが、「民衆の情」とは、全くその通りである。

智・情・位――というが、「智に働けば角が立ち」とはナツメサンでも書いている。

「位」とは、もっての他。クライなどは誰にでも手に入るものではない。

手近かなところでは、町長・市長・知事――などというクライは、庶民にコビてコビてコビまくったあげくに、当選して、やっと手に入れるものであるからして、そう簡単なものではない。

社長とか会長とかもクライのうちかも知れないが、これとて、社員全体を抱え込んで、初めて成り立つ立場で、百人・千人・一万人の中の、唯一人しか成れないクライなのである。クライの方に片寄り過ぎたが、さて「情」である。

「情」は、心根の問題であるからして、誰にでも、安直に手に入る——と、思ったのは間違いで、「情」が一番大変なのである。

政治家であげると福田赳夫は智にたけ過ぎて短命で終った。

智と情とを、重ねもっていたのは、バカヤロー解散の吉田茂元首相。

新聞記者が、嫌味な質問をすると、コップの水をかけたり——私は、戦後政治家では好きな首相の一人である。田中角栄が一番好きとすれば、二番目は吉田茂である。

私は、「田中角栄はアメリカに殺された」——と前にも書いたことがあるが、中国を狙っていたアメリカの先を越して「日中国交回復」。パンダをもらってきて、日本中が浮き足立っていた。中国を経済制覇で狙っていたアメリカの先を越した田中角栄を殺すテはないか。ロッキードが大金を渡した。ウンそれがいい——と、ロッキード事件をデッチ上げられたのである。大物が歩けば「金」のあしあとがつくのは当り前。その当り前を事件にしたのがアメリカである。

私は、アメリカに三度(東京と宇都宮)焼かれているので、今でもアメリカは嫌いなのである。

㉑　吉田茂から山中鹿之介へ飛び火

最近買ってきた「洋泉社」の『吉田茂』には、「戦後日本をデザインした名宰相」とのサブタイトルがあって、下段には「日本の独立と再建を導いたワンマン宰相のリーダーシップとユーモア」とある。

〈池田勇人・佐藤栄作・田中角栄……歴代総理を輩出した保守本流の原点・吉田学校　サンフランシスコ講和条約の受諾演説で語ったこと「バカヤロー解散」の真相――洒脱・破天荒・面従腹背〉

と、サワリ集の見出しが付いている。

頁を繰ると、十のキーワードで知る吉田茂の素顔――とあって①金銭感覚、②英語力、③ジョーク、④犬・無類の愛犬家だった、⑤ファッション、⑥読書、⑦アルコール、⑧グルメ、⑨タバコ、⑩健康法――アルコール・グルメ・健康法――などはテレビや映画には映らないが、煙草・葉巻をくわえている吉田茂は、よく見た覚えがある。

それはともあれ「十の出来事でたどる吉田茂の生涯」によると①幼くして莫大な遺産を手に入れる、②二十八歳で外交官になる、③牧野伸顕の娘と結婚する、④大使として三度目の英国赴任、⑤和平工作で憲兵隊に逮捕される、⑥マッカーサーと渡り合う、⑦内閣総理大臣に就任、⑧ワンマン体制を確立する、⑨対日講和条約に調印、⑩七年におよぶ吉田政権の終焉——とある。そしてキーワードで知る吉田茂の素顔——によると、①吉田茂の激動の生涯、②戦後日本の礎を築いた政治手腕、③日本の独立を導いた外交秘史、④ワンマン宰相吉田茂の人間力、⑤吉田茂を取り巻いた傑物たち——などなどとある。

頁を繰っていくと「実父から受け継いだ気質と養父が遺した莫大な財産」とか「先輩を馬上から見下ろす生意気な新米外交官」「パリ講和会議で実感した国際外交の厳しさ」「田中義一首相に直談判・外務次官に抜擢される」——などなど、タダのネズミではないことが知れる。

私は、若年の頃から、エライ人の評伝的な本が好きだったが、これは少年時代「講談社の絵本」を祖母が買ってくれた故だと、大人になってから納得した。

今、NHKでは「真田丸」をやっているが少年の頃「真田十勇士」を、むさぼり読んだ気憶がある。それに「尼子十勇士」？　だったか、山中鹿之介を読んで「俺もこんな大人になりたい」と、思ったものである。

つい最近になって『鬼と三日月——山中鹿之介、参る！』（乾緑郎著）とか『月に捧ぐは清き酒——鴻池流事始』（小前亮著）などを読んだが出世美談話的な匂いがして、感動までには到らなかった。八十四歳の当方がニブったのか。

余計な知識が入り過ぎたのか。いずれにしても「感動」には至らなかったのは、残念であった。

㉒　白洲次郎ってどんなひと

「文藝」別冊の『白洲次郎』を読んだ。半藤一利と北康利の対談があったり、白洲正子の「いまなぜ『白洲次郎』なの」があった。

そして、対談特集が組まれていて、白洲次郎と中野好夫、川口松太郎、松井翠声、扇谷正造――などなど、昔昔の「資料」が載っている。

この本は、グラビア的な所があって、写真が沢山のっているのも、見やすくしている。

「読む前に見る」老残の身には、いい企画であった。

加藤典洋と樋口覚の「特別対談」「白洲次郎とは誰か」は、全くその通りで、昭和六年生れで八十四歳の私には「馴染みの名前」であるが、戦後生れが七十歳の今日では、吉田茂首相の片腕というか、影武者として、敗戦処理に手腕を発揮した白洲次郎は、とうに忘れ去られた存在である。白洲次郎って誰？

私は、白洲正子が好きで、彼女の書いた本も沢山あるが、そこでは主に、美術系のことが書かれていて「夫・白洲次郎」のことには殆どふれていない。

この、河出書房新社が出した『白洲次郎』は、よくここまで、昔の記事、対談・史料資料を集めたものだと、編集者の努力に感嘆した。

私も、地方雑誌を四十年もやってきたので、編集者の苦労は少しは解るつもりだが、こういう有名人になると、国会図書館にでも行けば、すぐ見付かるのかも知れないが、著作権とか印税とか、相続人不明——とか、何や彼やと、気苦労は多かったものと思う。

それはともあれ、まず、中味に分け入ってみる。

エッセイ
今日出海　白洲次郎
辻井　喬　反骨の人ではなかった白洲次郎
河上徹太郎　メトロのライオン白洲次郎
小野寺健　白洲次郎とイギリス文化の伝統
細川護貞　白洲次郎さん
大島　渚　ウイスキーと男の肖像
青柳恵介　白洲次郎さんの目差し
鈴木正文　マシン・エイジャーのフェアプレイ
吉川英明　最後の雷ジイさん・白洲次郎

と、九本ある。宮澤喜一の「特別インタビュー　不思議な人」（聞き手・青柳恵介）は八頁もあって、小見出しを拾っていくと「孤独な反逆児」「年寄りのトレーニング」「お前、よく覚えてるなァ」などとあって、宮澤喜一（元首相）が、白洲次郎に、如何に心酔していたかが、解ってくる。

それにしても、純文学雑誌の「文藝」が、今頃、何故「白洲次郎」なのか。明治は遠くなりにけり——と誰かが言ったが、昭和も遠くなってしまった今、何故、白洲次郎なのか。

㉓　夏目漱石　江戸ッ児・漱石のタンカ

編集者の手柄か、遊び心か、最近、このテの本がよく出てくる。

私は、日本の近代文学で、避けて通って来たのは、森鷗外と夏目漱石と志賀直哉の三人である。個人全集も無い。

鷗外よりは坪内逍遥、漱石よりは田山花袋、志賀直哉よりは近松秋江——と、ヒネクレてきたのである。

それに鷗外、漱石、直哉は、今さら私が読まなくても、皆んなが読んでいるから、そいつらにまかせておけばいい。それにガッコの先生がこれらの文学者については話してくれるので、教科書程度で済ましても、どうってことはない。

つい「文学者」と書いてしまったが、鷗外・漱石・直哉などは、文学者であって「小説家」ではない。私の思う「小説家」は、田山花袋とか、近松秋江とか、近年では抹香町ものに入れ揚げてきた「川崎長太郎」などが「小説家」である。

文学者と小説家とでは、全く、ちがうのである。

永井龍男が「私は現代文学が解らなくなったから、選考委員をおりる」と言って、芥川賞の選考委員を辞退したあたりから、現代文学がムズカシクなったと思うが、それとも別な意味で、鷗外、漱石、直哉などの作品は、小説ではなくて「文学」なのである。

それに引きかえ、近松秋江の『黒髪』や川崎長太郎の「抹香町もの」などが、小説の本道だと私は思っている。

六十過ぎのスケベエ爺が、何かというと女郎屋通いをする話を、えんえんと書き続けた川崎長太郎。昭和三十三年の「売春防止法」以降は「女郎屋」が無くなって「女郎」も死語になってしまった。

最近は「遊女」という言葉で、女郎屋を書いた小説に出合ったが、女郎と遊女では、ドチラがエライの？　と、聞きたいぐらいである。

「夏目漱石」について書くつもりが、横丁へ深入りしてしまった。

これは、私の習性であるが、夏目漱石に戻すと、この本は編集者の遊び心で作られたもののようで、サワリ集で解りがいい。
頁を開くと「猫が一〇〇年後近代のどんづまりを予言？」とあって、そこには、
〈元来人間というものは
自己の力量に慢じてみんな増長している
少し人間より強いものが出て来て
窘《いじ》めてやらなくては
この先どこまで増長するか分からない〉
とあり、これは『吾輩は猫である』の中に書かれているのだそうだ。
〈それだから貴様はオタンチン・パレオロガスだと云うんだ〉
これも『吾輩は猫である』にあるそうだ。この解説には「江戸ッ子漱石らしい歯切れのいいタンカ――」とあった。

㉔　瀬戸内寂聴　老いも病いも受け入れよう

『小説家・瀬戸内寂聴』を出版した後に『老いも病も受け入れよう』（新潮社）と『求愛』（集

英社）の二冊が出た。

『求愛』は「すばる」などに発表した作品三十編を集めたもので、短編集というところか。『老いも病も受け入れよう』の方は、〈病のおかげで、いちばん大切なことが、はっきりしました〉と「波」で語っている通り、著者自身の「独り語り」で、ストーリーは進められていく。

大ざっぱに言うと『求愛』は、純文学系の作品であり『老いも病も――』の方は、人生訓話的な説教節である。

〈人間が生まれてくるのは、必ず死ぬためです〉と、いきなり言われると、「ウッ!! 全くその通りだ」と、思うと同時に、「名僧智識」といわれるほどの坊主の話を聞かされた気になる。

NHK日曜早朝の「こころの時代」を聞いているのと同じ気分になる。

「はじめに」の書き出しで〈人間が生まれてくるのは、必ず死ぬためです〉に続けて、〈あらゆる宗教も、人間の老いと死を考えぬいた結果、生まれています。それでも人間は、必ず襲い来る老いと死に脅え、恐れ、厭わないではいられません。私は、二〇一六年五月十五日に満九十四歳になりました。これまでにさまざまな病気にもかかっています。最近では、九十二歳で胆のうガンの手術もしています。足腰は相当不自由になりましたが、まだ一人で歩けるし、毎月、締め切りのある小説を書き続け、僧侶として月に何度か法話

も続けています〉

と、書いているのだ。

この『老いも病も受け入れよう』は実話なので、キレイごとばかりで面白くない。

寂聴さんの本能は、こんなキレイごとではなくて、女と男の愛の物語の方である。

第一章のその8「ときめきは若さの秘薬」あたりに、寂聴節がチラリと出ているが、五十一歳で出家得度して以来、「色戒を守り抜いた」と言われると、ホントカイナーと疑ってしまう。

〈日本天台宗の宗祖、伝教大師最澄の言葉に「悪事を己に向え、好事を他に与え、己を忘れて他を利するは慈悲の極みなり」という教えがあります。私は出家したから、僧侶としての義務があります。それが人のために尽くす「忘己利他」です〉

〝天台宗徒として、優等生には遠いけれど、劣等生ではない程度に勤めているつもりです〟

といわれると、ハイソウデスカーと、納得しなければならない。

〈何歳になっても恋心を忘れない。ドキドキ、ワクワクは、いつまでも〉とあると、寂聴さんらしい、と、やっと安心する。

この本は、「死の渕から生還した九十四歳」と、キャッチコピーにある通りの本なのだが『花芯』からの寂聴読みには、お行儀が良過ぎて心にズシンとは、響いて来なかった。

㉕『花の忠臣蔵』三二二頁の大作

〈いつの世も、人はカネと意地のあいだで揺れる——将軍綱吉の活世は享楽と不安が背中あわせだった。内匠頭、上野介、内蔵助そして浪士たち……彼らを突き動かしていた歴史の精霊の姿にレンズをあてる〉とは、この本の表紙にあるキャッチコピーだが、歌舞伎好きの私は、「忠臣蔵」を何度、見たことか。

古典とは別に、眞山青果の『元禄忠臣蔵』もあって、それも何度も見た。

〈青果の『元禄忠臣蔵』は昭和十三年に明治座で左団次によって初演された〉と、青果全集の研究別巻一の年譜に書かれている。

団十郎の大石内蔵助の花道の出、孝夫の花道の出では、三階の大向こうから「松島屋」ではなくて「孝夫チャーン」とキイロい声が掛かった。ざっと四十年前か。私は、その頃、毎月歌舞伎座通いをしていた。年十二回。三十五年でどれだけになるか。数えてみて下さい。

ところで野口武彦の『花の忠臣蔵』だが、

第一章　元禄の春

第二章　新人類の武士道

第三章　殿中松の廊下

第四章　赤穂浅野家の危機
第五章　主家滅亡
第六章　総員　江戸に潜入せよ
第七章　吉良邸討ち入り
第八章　「元禄」の終焉
第九章　亡魂地震
少し長めのあとがき――二十一世紀の忠臣蔵

何しろ三二二頁にも及ぶ大冊なのだが、中見出しをみても、何処にも、今までとは違う個所はない。

しかし、これだけ克明に調べて書いたことには脱帽する。「当夜、雪は降ったか」との小見出しがあったが、吉村昭の調査では、雪は降っていなかったという。芝居の作者が、場面をあざやかにするために「雪を降らした」と、吉村昭は書いていた筈。

この『花の忠臣蔵』のいい所は、「主要参考文献表」である。そして人名索引、文献索引。よく、これだけ調べたものだ、と、その方に感心した。

『花の忠臣蔵』ではなくて「実の忠臣蔵」と呼ぶべきかも知れない。

㉕　『花の忠臣蔵』三二二頁の大作

私は、歌舞伎座で見た「忠臣蔵」と、眞山青果の『元禄忠臣蔵』が、頭にこびりついてはなれないので、この『花の忠臣蔵』では、少しも感動しないのかも知れない。

調査は学者先生のやる仕事で、小説家は「資料が無い。それならば書ける」と、のたまった寂聴さんの方が正しいと思うのである。

調べたこと以外に、嘘は決して書かない。と高言した作家もいたが、小説家はそれではダメ。「根も葉もある嘘八百」が、小説の基本である。主要参考文献――として十四頁もあるのは、学者先生の領分で、小説家のものでは無い。とにかく、読むのが大変で、ああシンドというのが実感であった。

㉖ 多田裕計 超高級料亭での〝接待〟

文芸誌「季刊文科」の四十九号（平成二十二年八月）に、「多田裕計・文業の総体」を書いたことがある。

文化講演会の講師に呼ばれたりして、年に一、二度は福井に来たが、そのたびに私の事務所へ顔を出した。

夜の講演時間前とか、午後一時に始まって二時過ぎに終ると、私の所へ来た。

文学好きの私は、作家先生と雑談するのも大好きで、多田さんとは気が合った。

県立図書館にいた広部英一クンの所へも行ったようだが、広部クンは県庁の職員で、勤務時間中はどうしようもない。そこで私の所へ廻してきた——のが当初の実情だったようだが、私の仕事は自分勝手。小さな会社の良い所は、他者（社長とか社員とか）にまどわされない事である。ほんとうに自分勝手、気ずい気ままに、働けたのである。

そこで多田裕計だが、私は接待上手で、多田さんが来ると、ただちに超高級料亭の座敷を取って、そこに招待した。

午後の一時から夕方の講演会まで——とか、夜の講演会の時間まで、とか、とにかく多田さんが福井に来ると、私は、仕事をほっぽり出して「接待」にぜいをつくしたのである。

私は、仕事柄、スポンサーさがしが上手で、その都度、大手企業の社長とか、業界の会長とかにツケを廻して、遊んだのである。

それはともあれ、多田裕計の文業の総体は『長江デルタ』である。多田さんは、この『長江デルタ』で、昭和十六年七月に第十三回芥川賞を受賞したのである。

この作品は、世界大戦直前の支那（現中国）の国際都市・上海を舞台にして、そこに生きる青年の心情を、現地青年たちとの交友、絡み合いに於いて描いた作品で、昭和十六年という時局受けもあって、芥川賞に選ばれたのである。

その時の選評は、座談会形式になっていて委員の一人である室生犀星が〈「長江デルタ」は書生演説みたいな処のある文章だ〉と言うのに対して、横光利一は〈これだけの会話のできない者は、これからの支那の中心に飛び込むことができないということを、示しているような気がする〉と言い、続けて〈この「長江デルタ」なんてものは、みんなに読ませれば、もっと僕は考える所が出て来るだろうと思う。支那の青年なんかに読ませれば、日支の提携というような点で実に貢献する所があると思う。やっぱりこれは身を実地に当ててやっていなければこんなものは書けないですからね。重慶政府の方の青年に読ましたら面白いと思う〉——と横光利一の意見に押されてしまい、結果「芥川賞」に決まったのである。

そして最晩年には「文學界」に「幼年絵葉書」「城下少年譜」「母の葛藤」の自伝三部作を発表した。一方で俳誌「れもん」を発行して、俳句の方でも「ひとかど」の有名人になっていた。

㉗『文学者の手紙　第六巻　高見順』

これは「博文館新社」の企画もので、扉頁には、

「謹呈・坂本満津夫様　川島かほる様よりご紹介頂きまして、本当にいろ〳〵お世話様でございます。どうぞよろしくお願い申し上げます」

との栞《しおり》が貼ってあった。

二〇〇四年二月に発刊されたもので、奥付裏頁には東京新聞の「大波小波」（〇四年三月十二日付）と「ふくいの文芸・人間高見順の姿を浮き彫りに」という スクラップがはってあった。その他に「毎日新聞の夕刊」（平成十六年三月二十三日）文化・批評と表現と題する記事もあった。〈闘病中の高見順（手前）に付き添う秋子夫人——千葉市の病院で（一九六五年）「文士夫人の鑑」の内面とは、高見順の書簡集刊行〉ともあって、「酒井佐忠」の著名記事である。三木卓さんの「『鎌倉・その日その日』ラブレター」のスクラップもあって、高見順に入れ揚げていた私（坂本）自身が見えてくるようだ。

さて、『文学者の手紙　第六巻　高見順　秋子との便り、知友との便り』——であるが、第一章「高見順から秋子へ」（昭和九年九月十二日）では、いきなり、

〈アー坊は情熱的な握手をし、いつまでも手を握り、窓から殆んど半身のり出してゐたさまは、私にまことに激しい印象をのこした。

私は家に戻るまで、その姿態とそれが意味してゐるアー坊の感情、それらが私にのこしたものを反芻し、二階に上るとほとんどクタクタであった。（略）久し振りで故郷の土を

踏む感じはどうですか。私は故郷をもたぬ故自分ではわからぬがいいだろうなと想はれる。小鼻を蠢かして街を歩いてゐる黒チビの恰好が私の眼前に髣髴《ほうふつ》としてゐる（略）〉

第二章「秋子から高見順」では、

〈昭和九年十二月三十一日、高間芳雄様（高見順の本名）

――所で、お正月一日、遊びにいらっしゃいません？　御差支へなかったら。――私、二日の朝、湯元へスキーに出掛け様か、と思ってゐますの。いいでしょう？　三日の夜、帰ってくる予定よ。だからお朔日を二人で一日遊び度い、と思ふの。何んにも予定がなかったら、来て下さい。――以上おわり。アー坊。高見順様〉

こうして二人のラブレターが、ぎっしりと詰った本である。

私が驚いたのは、二人の愛の告白のラブレターの文章よりも、昭和九年頃の手紙を保存していた、と、いうことである。

第二章の「知友から高見順へ」――には、①尾崎翠、②那珂孝平、③矢田津世子、④古我菊治、⑤渋川驍、⑥大谷藤子、⑦矢田津世子、③亀井勝一郎、⑨荒木巍、⑩武田麟太郎、⑪石浜金作、⑫池田寿夫、⑬小林秀雄――ああシンド。写しているだけでつかれてしまう。

お互いが文士なので、手紙のやりとりは当り前。――とは言っても、やっぱり、文士の手紙なのである。

㉘『高見順の航跡を見つめて』宮守正雄

昭和の文学研究会という所が発刊したもので、奥付頁には著者からの、贈呈要旨の手紙が貼ってあった。

私にとっては、未知の人だが、高見順にボケているという点から見れば「学友」ということにでもなるか。

二〇〇八年十一月のこの時、八十五歳というから私より大分先輩で「学兄」と言い直しておく。とにかく、中味を見ることにする。

①生誕から日本の敗戦前後の鎌倉文庫まで
②「或る魂の告白」と「昭和文学盛衰史」
③「転向について」と「いやな感じ」
④小説家の余技ではないといわれた詩作を中心に
⑤「詩画集・重量喪失」と「高見順日記」

と、章分けされているが、横組みの故か、教科書的で馴染めない文章である。

ある箇所を引いてみる。

〈転向文学が転向の過程や転向後の思想的傾向を曖昧にしか書いてないのは、転向文学としてだけでなく、文学そのものとしても、それは重大な弱点である。作品として、それでは駄目である。だが、それは書けなかったのだ。それを書けというのは、転向作家にとって単なる文学批評という以上に拷問者の怒声を連想させるのだった。

戦後書かれた転向文学論のなかにも、その弱点をあげ、転向文学の名に値しないものだときめつけるものがあった。その通りなのであるが、そうした弱点を内包した転向文学しか書けなかったというところに、当時の転向文学の特徴があるのだ。その特徴のゆえに、それはむしろ転向文学という特別の名が与えられているとも言える。

島木健作が「再建」の発禁後、営々として「生活の探求」を執筆し、書き下ろし長編として河出書房から出版したのは昭和十二年のことであった。これはたちまち今日で言うベストセラーになった（後略）〉

私（坂本）も、転向文学には、深い関心があって、『共同研究　転向』（思想の科学研究会編平凡社刊）の上中下巻三点が書庫でほこりをかぶっていた。

島木健作も、好きな作家の一人で、島木健作論みたいなものを、同人雑誌「日本海作家」に書いたことがある。

昭和初年頃の「転向」は、特高との戦いで、文字通り、命を賭しての文学だったのである。

〈平野謙はかりに武田麟《りん》太郎型の転向を「文学的転向」と呼ぶ場合、島木健作型の転向を「倫理的回心」と呼ぶしかないような一種の非文学的転向にはかならない〉とあるが、転向文学論に入ると、自説に深入りしそうなので、この辺でヤメておくことにする。

㉙ 平野謙の『高見順論』

平野謙は『高見順論』を書いたことで、文芸評論家として世に出たのである。

それは、

①「人民文庫」の昭和十二年九月一日発行の一九三七年九月号に、「文学の現代的性格とその典型　――高見順論――」とのタイトルで十九頁もの長文を発表した。

②同じタイトルで「人民文庫」の九月一日発行の第二巻第十号に十九頁。

③同じタイトルで「人民文庫」の昭和十二年十月一日発行の第二巻十号に十四頁発表した。

つまり、無名の新人・平野謙は、高見順論を三回に亘って五十二頁も書いたのである。

当時の「人民文庫」は、スター文士・武田麟《りん》太郎が主宰していたもので、一流の月刊文芸雑誌だったのである。

ちなみに「人民文庫」の昭和十二年九月号の目次面《づら》を見ると、小説は三点。

米二十石（読切）　丸山義二
女の危機（後編）　平林彪吾
あらがね（長編五回）　間宮茂輔

などの他、「日清戦争餘聞　李鴻章・狙撃事件の顚末」、藤原定の「文学の政治性と政治の文学性」、酒井逸雄の「科学と文学の対立」などの特集の他、高見順は「青眼白眼　その（三）」などを書いており、中野重治、徳永直、伊藤整、菊岡久利――などがエッセイを寄せている。総合文芸誌というところか。

ここでは、高見順の「しんがり」として平野謙の『高見順論』を引き合いに出したかったので、その方にポイントを移す。

「文学の現代的性格とその典型――高見順論」は、こう書き出される。

〈――三三年九月に創刊された「日暦」第一号の編集後記に「高見順著の『感傷』は、本人は随筆として編集部に送つて来たのだけれど、読んで見ると小説として立派に通るものであると思はれたので、編集部の独断で創作欄に入れてしまつた」云々と誌されている。今日、高見順といふ現代的風貌を身につけたひとりの作家をあげつらふ場合、私はこの二〇枚たらずの、随筆のつもりで小説欄に組まれた「感傷」といふ小編の分析が大へん重

要と思はれる〉

——これは平野謙の最初の作家論であり、これによって平野謙は文芸評論家として文壇にデビューしたのである。とは冒頭で書いた。「感傷」は、私も好きな作品の一つで、最初の妻石田優子に逃げられた体験が基になっている「私小説」で、「ここまで書くか高見サン」という作品の一つである。

「私生児」「左からの転向」「妻に逃げられた男」——マイナス要因を、自らの手であばき出すのが、高見文学の特質である。——とは私の自説である。

㉚ 高見順ボケのおさらい・坂本満津夫

①高見順論——魂の粉飾決算　東京新聞出版局　二〇〇二年十一月十八日初版
②文士・高見順——高見文学九十六の花束　おうふう　二〇〇六年十一月三十日初版
③高見順の「昭和」　鳥影社　二〇〇八年五月十七日初版
④高見順の「青春」　鳥影社　二〇〇八年三月一日初版
⑤評伝・高見順　鳥影社　二〇一一年七月六日初版

以上、五冊の高見順論を出版した。高見順耽溺もいいところだが、これだけ書いても、未だ、卒業したという気分にはなれない。

書けば書くほど、次々と疑問が湧いて来て、終りが無いのである。

若年の頃、石川啄木に溺れて、夏休み一ヵ月かけて、啄木歌集を片手に北海道一周をしたことがあった。それから何年かあと、地元の民生委員をしている時、研修旅行とかで北海道に行き、網走刑務所を見学したことがある。私は、刑務所の見学よりも、海岸辺の沼地に咲き乱れるハマナスに魅かれた。初夏だったのかも。行けども行けども、ハマナスの花が続いているのである。

まさか、植えた訳でもあるまいから、自然に生い続いたのだろうが、あれからン十年を経た今でも、あの見事なハマナスは忘れない。

わき見運転常習犯は、早速、ワキ道に深入りしてしまったが、高見順の場合も、昭和文学に魅かれて、昭和文学史的なものを漁っている時に、高見順にハマってしまったので、私にとっての昭和文学は、「高見順」と「島木健作」だけなのである。

昭和十年の第一回芥川賞の時、受賞したのは石川達三だったが、候補者の中には高見順とか太宰治などもあったので、その高見順に溺れてしまったのである。

高見順の何処に溺れてしまったのか。あのウジウジグズグズの「説話体」とか言われる文体か。いやそれだけではない。あのウジウジグズグズで状況報告的に、内面のウジウジを描いたところに、溺れたのかも知れない。

結論に辿り着く前の、内面でのウジウジグズグズ。――二〇《はたち》前後に読んだドストエフスキーの『罪と罰』のラスコリニコフ。あのウジウジグズグズと、そっくりだったのである。

金貸婆の所へ強盗に行く、ラスコリニコフの、自己弁護的なウジウジグズグズと、『故旧忘れ得べき』の小関健治のウジウジグズグズが、私には、そっくりに読めたのである。

高見順は後年、「世界文学の中で好きな作品は?」と問われて、ドストエフスキーの『カラマゾフの兄弟』と答えたことがある。

私は、そこで高見順と重なってました。ロシヤ文学と昭和文学がすっぽりと重なったのである。

とにかく、高見順は、いい作家である。

「文芸復興」三十四号(二〇一七年五月三十日発行)掲載

悠々漫筆

「日刊県民福井」平成二十四年～二十八年　連載

① 大久保房男さんの近著

文芸誌『群像』の元編集長、大久保房男さんから本が届いた。『戦前の文士と戦後の文士』と題した評論集である。

〝「群像」に大久保あり〟といわれた大純文学編集者、大久保さんとは、もう随分と長いつきあいになる。

「高見順の会」で雑談したのが始まりで、親しく交際するようになった。といっても、東京と福井に離れているので、そうそう会うわけではない。

高見順文学賞の授賞式の会場で年に一度会うか、高見夫人の秋子さんが存命のころは、その食談会で雑談を交わすぐらいの関係ではあったが、気心が通じ合うというのか、遠い親戚などよりも親しい感じの付き合いなのである。

大久保さんが群像での現役時代は、「純文学の〝鬼編集長〟」などと言われて、文士に対しては、厳しい編集者だったらしい。

私が初めて会ったのは、秋子夫人との「酉《とり》の市」が機会だったから、昭和四十七年以降のことである。そのころ、大久保さんは既に現役を引退して、講談社の平取締役か相談役だったと思う。「若君のお守り役もなかなか大変ですよ」などと、自分をちゃかしていた。

私の近著にも礼状をくれ、そこには「『昭和文学の赤と黒』拝受しました。（以前の）『高見順論――魂の粉飾決算』という題名も、なかなかうまいと思いましたが、今回のもいい題だと思います。島木健作論も大変おもしろく、教えられることも多く、読んで満足しました」とあり、島木健作論に触れた書評はこれまでなかったので、精読してくれたことが分かった。

さて、大久保さんの『戦前の文士と戦後の文士』だが、これは慶應大出身の大久保さんが「三田文学」に連載したもの。その連載中にも読んでいたが、こうして一冊の単行本になると、ズッシリと迫ってくるものがある。

戦前の小説と戦後の小説の違いを「小説技法の違い」「小説の切りについて」「西洋崇拝について」「うまい小説と重い小説」などの小見出しのように、作品内容にまで分け入って、詳細に分析している。そんな所に、この本の特色がある。大久保さんは、本当にいい仕事をした。

②　堀江朋子さんの『日高見《ひたかみ》望景』

堀江朋子さんから『日高見望景』という題の著書が送られてきた。

これまでも、『白き薔薇《ばら》よ――若林つやの生涯』『風の詩人――父上野壮夫とその時代』『夢前《ゆめさき》川――小坂多喜子　現つを生きて』の三著作をいただいているので、これで堀江さんの著書は四冊目になる。

堀江さんと親しくなったのは、私の書いてきた〝高見順論〟の中で、高見順と同世代の文学者で「人民文庫」の時代の人としては、左翼系の「ブタ箱仲間」に上野壮夫と小坂多喜子がいると、親しみを込めて、何度か書いたからである。

堀江さんは奇《く》しくもその二人の間に生まれた娘で、高見順賞の授賞パーティーの席で「サカモトさんですね。私、上野壮夫の娘です」と、自分の方から名乗ってこられた。その時からの親交である。

さて、著書『日高見望景』であるが、「遙《はる》かなる　エミシの里の記憶」とのサブタイトルが付いていて、帯のキャッチコピーには「3・11以降の東日本、土地への信愛なくして再生はありえない。この災殃《さいおう》の土地への遠い記憶を呼び醒《さ》ます」とある。

裏には〈日高見は北上、溢《あふ》れんばかりに盛り上がった川、水。流れ着く海、風。連なる山々の緑、光。——俺たちはただ俺たちの故郷を守っただけ——阿弓流為《アルテイ》、母禮《モレイ》、大獄丸《おおたけ》、人首丸らの声が聴こえる。鹿が舞い、鬼が叫ぶ。彼らへの鎮魂なのか、哀惜なのか。歴史の襞《ひだ》に踏み込んだ日本人必読の書〉とあった。

そこで中身に分け入ると、

「序章　被災地へ　海嘯《つなみ》と蝦夷《えぞ》山桜」とあって〈その日は、めずらしく朝早く起きた。ベランダに通じるドアのカーテンを開ける。「あ、咲いている」思わず声をあげた。鉢植えのチューリップが花を咲かせている。茎は短く葉も貧弱だったが、鮮やかなサーモンピンクの八重の大輪である〉と書き出されるのだが、その先が難しい。

地史学、郷土史学とでもいうのか、まず用語の漢字からして込み入っていて難解なのである。とにかく、大変な大仕事に取り組んだものである。

③　次は私の番？

私は一九三一（昭和六）年生まれで、八十一歳になる。近い親しい友は、ほとんど亡くなった。生きているのは一つ年上の詩人・岡崎純と一つ年下の美術評論家・土岡秀一くらいで、

③　次は私の番？

後は皆死んでしまった。

中でも、昭和三十三年の春に来福して以来の親友で、同い年の詩人、広部英一は七回忌が過ぎた。文学について忌憚《きたん》なく激論を戦わすことができたのは、広部君だけだったので、何か一人取り残されたような気分である。閻魔《えんま》大王の座る椅子の後ろから「キミも早くこっちへ来いよ。こっちで激論を戦わせよう」と誘われているように思うことがある。

年下の文学仲間には、関章人、定道明、張籠《はりこ》二三枝らがいるが、彼らは若すぎて、少し距離がある。セロハン紙一枚ほどでも、境というかすき間があると「それは違う。俺はこう思う」とは、言いにくいものである。親友とは呼べまい。こうして、人間は老いて、死に近づいていくのか。

最近、死について語る本がたくさん出ていて、結構売れているようだが、死について語った本を読む気は起こらない。過日、瀬戸内寂聴の著書『烈《はげ》しい生と美しい死を』を買ってきたが、まだ読んでいない。

若いころにはキルケゴールの哲学書『死に至る病』などを読み、中年になって高見順の『死について語る楽しみ』などを読んだが、これらは基底に生への執着がある上で、死について語っているのである。高見順の場合など、『死の淵《ふち》より』逃れて、北鎌倉の自宅で静養中の〝病床日記〟だから、こう語ることができたのである。

瀬戸内寂聴は「長く生きるということは、愛する人に死に遅れる、ということなんですよ」と語っているが、全くその通りである。「長生きも芸のうち」などともいうが、芸も才能もなく無芸大食の私の老後は、この先どうなるのか。

「次は、私の番だ」と思う、昨今である。

④　春の岬の「三好達治」

定道明氏から主宰する文芸誌「青磁」の三十一号が届いた。目次を見ると、土岡秀一「異形の地方前衛」、定道明「車篳《たん》笥《す》還る」、張籠《はり》二《こ》三枝「人間の悲哀と神さまの寛容」をはじめ、三輪正道、福井眞佐汎、金山嘉城、斉藤カレエらの諸氏が〝全力投球〟している。

中でも土岡、定、張籠の各氏が掲載しているのは、それぞれが以前から取り組んでいるライフワークの一環といえる仕事である。

土岡氏は、地方画壇の歴史である『奇跡の「地方前衛」』を単行本として上梓《じょうし》しており、その続編である。定氏は詩人の中野重治論をライフワークとし、今回も十八頁に及ぶ長編評論を書いた。私はかつて、中野重治の「甲乙丙丁」を「群像」で読んで、これは「中野重治研究家」にしか解《わか》らない小説だと思って、途中で投げ出した記憶がある。定氏に、その作家論を書いてほしいと、常々思っていた。

張籠氏は、ここ何年か、三好達治に嵌っている。終刊した「日本海作家」や、坂井市三国町の龍翔館の紀要など、あらゆる機会を通じて「三好達治」を論じてきたのだ。

三好達治といえば、私にとっては三国町の東尋坊に三好達治の詩碑が建立され、その除幕式の時、右隣に座っていた詩人で文芸研究者でもあった伊藤信吉氏が「きょうは、この詩とは違って、風の強い日だな」と呟《つぶや》いたのを聞いたぐらいである。

その碑文には、

春の岬旅の
をはりの　鷗《かもめ》とり
うきつゝとほく
なりにけるかも

とあって、伊藤氏の発言は、それを絡めてのものであったのだろう。

三好達治には、福井での押しかけ弟子として則武三雄《のりたけかずお》さんがいた。則武さんが存命のころ、酒を飲むたびに、三好達治との交流について聞かされた。

うちには、三好達治に関連した俳人石原八束《やつか》氏の書いた『駱駝《らくだ》の瘤《こぶ》にまたがって　三好達治伝』と、萩原葉子氏が達治の思い出から執筆した『天上の花』があったはずだが、見当たらない。誰かにやってしまったのか。「淡きこと、水の如し」の縁《えにし》だったのである。

⑤　四つの忌み日

私にとって、四つの忌み日がある。則武三雄の「葱忌《ねぎ》」、高見順の「荒磯忌《あらそ》」、中野重治の「くちなし忌」、そして広部英一の「苜蓿忌《もくしゅく》」である。

今年は、四月二十九日に坂井市三国町の東尋坊近くの則武三雄詩碑の前で葱忌が営まれ、七月二十日には同じく三国町の荒磯遊歩道にある荒磯碑前で荒磯忌、そして八月二十四日に坂井市丸岡町の中野重治生家跡で「くちなし忌」が営まれた。

この後、十月五日には福井市のきららパーク（旧清水町）の広部英一詩碑の前で、苜蓿忌が営まれることになっている。

この四つの忌み日は、私にとっては大切な恒例行事である。その忌み日ができてから今日まで、どんなことにも最優先して参加している。

今年の荒磯忌には詩集『失《な》くした季節』で第四十一回高見順賞を受賞した金時鐘《キムシジョン》氏が記念講演し、くちなし忌では金沢市にある室生犀星《むろうさいせい》記念館の笠森勇館長が「中野重治と室生犀星をつなぐもの」と題して、長い講演を行った。

私は、中野重治よりも、むしろ室生犀星の方により興味があったので、笠森館長の話を耳をそばだてて聴いた。

金沢市に在住していた若年のころ、室生犀星が『女ひと』という随筆集を出し、私はそれを貪《むさぼ》るように読んだ。私が室生犀星に嵌《はま》ったのは作品の基底に情念があるからである。

〈ふるさとは遠きにありて思ふもの／そして悲しくうたふもの／よしや／うらぶれて異土の乞食《かたい》となるとても／帰るところにあるまじや……〉

という「小景異情」のフレーズも、こうしてスラスラ出てくるのである。

知情意の中の情念。中村真一郎を「知の作家」とするならば、室生犀星は「情の詩人」である。ちょうど女性にふられて、金沢に転勤してきたばかりの私の心に、室生犀星の情念はスウーッと入ってきた。そして、そこに棲《す》みついてしまったのである。

県ふるさと文学館講座の一環として、三国出身の高見順には「私生児」という作品が二点あることをテーマに、坂井市三国図書館で講演した。「文芸月刊」昭和五年五月号の「私生児」と「中央公論」同十年十二月号の「私生児」である。

⑥ 二つの「私生児」

中央公論の作品は、同人誌「日歴」連載の「故旧忘れ得べき」が第一回芥川賞の候補になり、一躍スター文士になった年の作品で有名だが、「文芸月刊」の「私生児」は『高見順文学全集』全六巻にも、勁草《けいそう》書房版の『高見順全集』(全二十巻、別巻一)にも収録されていない。年譜にさえ上がっていないのだ。

勁草書房版全集の年譜にはこうある。

〈一九三〇年(昭和五年)、三月、大学を卒業。市河三喜教授の紹介により、研究社の英和辞典編纂《へんさん》部の臨時雇として勤める。この年の秋、コロムビア・レコード会社に就職。七月「集団」を創刊。新潮社の「文学時代」十月号(新鋭作家総出動号)に「侮辱」を発表。石田愛子と結婚。また、この年の九月、父阪本釤之助《さんのすけ》に認知され庶子となる〉

ここにも「文芸月刊」に発表した「私生児」の言及は見られない。「文芸月刊」の作品は無視されているのだ。「高見読み」の私にとっては甚だ不満だが、これはなぜか。

「文芸月刊」の「私生児」は完全な創作（フィクション）だからだろう。墓場の隣の安アパートで真っ昼間から青年男女が交歓する場面から始まり、作中の若い女性が「私生児である」と友だちに言われて屈辱を味わうことが描かれている。しかし、「中央公論」の作品のように高見自身の私小説的な作品ではない。

小説の読者は「虚実皮膜の間」とか「根も葉もある嘘八百《うそはっぴゃく》」といわれるような作品に、より魅了される。なぜなら、そんな小説を読むと、作者の人生が垣間見えてくるからだ。

日本の近代文学は森鷗外、坪内逍遥、田山花袋などをはじめとして、主流は「私小説」か、その発展形。鷗外の「舞姫」も花袋の「蒲団」も、私小説と言っていいだろう。「私小説好き」の私が、これ以上書くと、収拾がつかなくなるので止めておく。

⑦　高見順没後五十年の文庫

わが胸の底のここには
言ひがたき秘密《ひめごと》住めり　藤村
——高見順『わが胸の底のここには』巻頭言（講談社文芸文庫）

高見文学の特質の一つは「言ひがたき秘密」を、自分自身の手で明らかにしてしまうことである。「故旧忘れ得べき」が第一回の芥川賞候補になったことで、高見が一躍スター文士になった一九三五（昭和十）年。彼は「中央公論」の十二月号に「私生児」と題する短編を発表した。

〈母親は私を見ると忽ち《たちま》眼を涙で光らせた。――としたのは、私の感傷であって、特高主任の机の前で膝の上に両手を揃《そろ》へ、うなだれ蒼褪《あおざ》めた顔に屈辱の涙が（後略）〉

一九三二年（昭和七）年の暮れ、治安維持法違反の容疑で逮捕され、大森警察署の留置場に入れられた体験を「私小説風」に書いたのである。

ここでも高見は、〝てて無し子〟＝「私生児」である、ということを自らの手で暴露している。同時に、父は貴族院議員で、枢密顧問官であるとも、誇らしげに書いているのだ。

だから私は「高見文学は二律背反の文学である」と、規定したことがある。

ところで『わが胸の底のここには』であるが、これは一九五八（昭和三十三）年に三笠書房から単行本が出版された。初出は、「ある魂の告白」第一部として文芸誌の「新潮」に発表されたもの。

〈とにかく僕は、私はかういう人間です。こんなことをしてきた恥多い人間です〉と、文芸評論家の平野謙は巻末の解説で解題しているが、この作品はまさしく高見順の自叙伝的作品なのである。

「講談社文芸文庫」は今年の新たな一冊として、この『わが胸の底のここには』を選んで、荒川洋治の解説で発刊。ほかにも高橋たか子の『人形愛　秘儀　甦りの家』、富岡多恵子の『室生犀星』などが選ばれた。そのほかの高見作品でも『如何《いか》なる星の下に』や詩集『死の淵より』などが以前に、同文庫に収められている。高見順の没後五十年という節目の年にふさわしい「いい仕事」である。

⑧　半藤末利子さんの〝快速〟

夏目漱石の孫で作家・半藤一利さんの妻の随筆家、半藤末利子さんからエッセー集『老後に快走』が届いた。末利子さんから著書を頂いたのはこれで五冊目である。

『夏目家の糠《ぬか》みそ』（二〇〇〇年、ＰＨＰ研究所）、『漱石夫人は占い好き』（二〇〇四年、同）、『夏目家の福猫』（二〇〇八年、新潮文庫）、『老後に乾杯』（二〇一四年、ＰＨＰ文庫）、『老後に快走』（二〇一五年、同）。

末利子さんの本は、いつ、どこで読んでも面白い。洒脱《しゃだつ》で、シニカルで、自嘲が三割。自分をちゃかすことのできる「女性文士」は、そうざらにはいない。

これは『我が輩は猫である』で作家デビューした漱石の血を引いているのかもしれない。「第一章　物書きの端くれ」「第二章　旅は道づれ」「第三章　チャリンとポコ・補遺」「第四章　吾《わ》が町と隣人たち」「第五章　愛すべき友人たち」「第六章　春夏秋冬あれこれ」「第七章　夏目家と吾が家の周辺」の七章建てで成っているが、第一章の一節目「初めての本」を読み始めたら、いきなり文芸評論家の大河内昭爾氏の名が「旧知」のと出て来てびっくりした。

もっと驚いたのは自著本を五百冊も買うくだりである。

〈私は友人の手を借りてあちこちの書店から五百冊近い自著を購入した。私の本などは広告もろくに打って貰《もら》えないから世の中の人に知って貰いようがない。そういうハンディを片端《かはたし》から自著を配ることで少しでも埋めようと努めた〉

とある。

半藤夫妻が年賀状を自分たちの文章を載せ小冊子にしていた「豆本年賀状」のことも書いてあった。この豆本年賀状は七点、わが家の「半藤一利コーナー」にある。

文庫本だが見た目がいい。漫画チックな表紙には、よろい姿で馬に乗った白髪の女性が「文運隆昌」の旗を背負う。〈老いては奥様《おくさま》方にしたがえ。まちがいないです〉との一利氏の帯をめくると、馬の下には車輪が付いていた。

『老後に快走』は前著『老後に乾杯』が好評だったので、「老後」シリーズ第二弾として発刊されたようだ。末利子さんの夫、半藤一利氏の私生活などもチラつかせる私小説風なのも分かりがいい。

祖父・漱石と夫・半藤一利の知名度を逆手に取って軽妙洒脱。名人芸の落語を聴く気分で「あとがき」まで一気に読了した。

⑨ 「ふくい往来」第二号

福井市在住の文筆家、栗波昭文氏から「ふくい往来」の第二号が届いた。文庫版「同人誌」というのか、十九人の短文や絵などが載っている。栗波氏と小浜市の岡村昌次郎氏だけは面識があるが、後は私にとって未知の大ばかり。

岡村氏は「――片恋日記（抄）白百合有情」を掲載。その中で山川登美子記念館を訪れた歴史学者・橋詰康雄と記念館の田畑佐知子を登場させ〈ここは、明治の歌人・山川登美子の生家、そして終焉《しゅうえん》の家でもある〉と、吉屋信子も訪れたことがあることなどを語らせる。岡村氏が調べた事実と創作したことを融合させて、軽い読み物風小説に仕上げている。

「いく尋のなみはほをこす雲にゐみ北国人とうたわれにけり」「それとなく紅き花みな友にゆずりてそむきて泣きて忘れ草つむ」など登美子の代表作を引用。〈与謝野鉄幹から「北国人」と揶揄《やゆ》され、「いえ、違います」登美子は反発、田舎者ではないと告げたかった。土田さんには確信があって、この歌を選んだのでしょう〉と、橋詰に言わせ、小浜公園の歌碑を発起した当時の土田数雄小浜市長が、歌を選んだいきさつをさりげなく紹介している。

私の手元には、『白百合の崖《きし》』（津村節子）、『ある女人像――近代女流歌人伝』（吉屋信子）、『憂国の詩――鉄幹・晶子とその時代』（永畑道子）、『白百合考――歌人・山川登美子論』、（松本聡子）、『山川登美子――「明星」の歌人』（竹西寛子）、『山川登美子と明治歌壇』（白崎昭一郎）の六点しか資料がなく、「日本海作家」に掲載された杉原丈夫の「紅い花」を精読したぐらいの知識しかないので、これ以上は深入りしない。

栗波氏は『新　平家の赤瓶』『夢まち通り』と二冊の単行本、そして「ふくい往来」創刊号、二号と、全力投球でいい仕事をしている。ちなみに、「ふくい往来」の編集・発行人は栗波氏をはじめ松村加代子、黒川三博、西田哲章の四氏である。

⑩　鬼怒川と九頭竜川

五木ひろしの新曲「九頭竜川」が発売された。新しい〝ふるさとソング〟として県は大いに喜んでいるようだ。九頭竜川の河畔に六十年近く暮らしているかく言う私も、「ＣＤを買ってきて書斎のカラオケで練習しないと」と思っているほどである。

家で練習し、カラオケのある酒場で、自慢げに歌うのである。店のカラオケの設備は、歌っている本人もほれぼれするほど、上手に聞こえるようにできている。「もう少し若かったら、オレも歌手デビューできたかもしれない」とうぬぼれもいいところになる。

「ＮＨＫののど自慢出場者などへのかっは。オレの方がよっぽどうまい‼」と思い込ませるように、音響効果が優れているのである。

書きたかったのは、そんなことではなく河川の九頭竜川と鬼怒川のことである。六十年近く九頭竜川河畔に住んでいると書いたが、生まれて二十一、二歳までは鬼怒川の河畔で育った。鬼怒川で生まれ、九頭竜川で死ぬ――それが、私の運命なのかも知れぬ。

昭和六年、宇都宮市の郊外、鬼怒川河畔の旧平石村で生まれ、小・中・高・大とそこで進学し、東京が本社のマスコミに就職した。新入社員で静岡、盛岡、新潟、金沢と転勤し、金沢で連れ合いと出会い、会社を辞めて、福井市に住み着いたのである。

旧森田町、福井市上野本町は、九頭竜川河畔。堤防は毎朝の散歩コースだ。「鬼が怒る」川の河畔で生まれ育ち、「九つの頭の竜」の川の河畔に六十年。八十四歳の老残の身である。

ところで、六十年同居している家人とは、朝・昼・晩と一日二十四時間、けんかばかりしている。その時の声の大きいこと、隣近所に聞こえるほど。そこで、私は「自分のこの荒っぽさは鬼怒川と九頭竜川の故」と思うことにしている。外づらが良い分、内づらは悪い。とにかく荒っぽいのである。

⑪ 定道明氏の『杉堂通信』

丸岡出身の文豪・中野重治の研究家である定道明氏から近著『杉堂《さんどう》通信』をいただいた。重治のふるさとである坂井市丸岡町で開かれた「中野重治文学の午後」と題した定氏の講演を聞いた、その会場でのことだった。定氏は重治の研究家として、これまでに何冊もの単行本を発刊している、定評のある学究者である。

しかし、今回書きたいのは、重治の研究者としての定氏のことではなく、『杉堂通信』な

⑪　定道明氏の『杉堂通信』

どの小説家としての定道明氏についてである。

奥付によると、定氏が主宰する郷土文芸誌「青磁」の三十三、三十五号に発表したとある。それが掲載された時点に精読していたはずだが、こうして単行本として刊行されると、ずっしりと重みを増して、読む方も構えて読まなければと、考えてしまった。

本の帯には〈白山、別山の雪を望む里の、穏やかな日常の出来事の中に潜むもの。過去に分け入る人生のただよい、あるいは悔恨。人々の風景と呼ぶ、日記体小説の絶妙〉とある。

〈今朝、杉堂に垂れ下がった氷柱《つらら》を測ってみたら一メートル三〇センチもありました。こんなに長い氷柱はとんと記憶にありません。昔々、子供の頃は何日も連続して、びくともしない氷柱が下がっていたことを記憶するのですが、これとて、一メートル三〇センチもあったかどうか、今となってはさっぱりです。……（後略）〉

こうして、日々の自然との暮らしの著述から、少年時代の回想へと入っていく。

そして、最後の文章では、

〈Aさん。五時近くになりました。まだ外は暗い。一眠りします。そうすると、目覚めた時には夜が明けていますからね。私はそんなふうにして、今日も最後の眠りに就くのです。／おやすみなさいAさん。おやすみなさい、あなたを囲む人達〉

と、結んでいる。

何とも清潔というか、清純といおうか、少年の文章を読んだような、さわやかな読後感であった。

⑫『カリラヤの風に吹かれて』を読んで

県内読書会のリーダー的役割を果たしてきた福井市の三武光子さんから『カリラヤの風に吹かれて』という題の著書が届いた。

「朝の通りに並んでいる銀杏《ぎんなん》の輝き、ふと庭で見つけた風に揺れるハンゲショウ、作者は日常にいて　突然　見えてくるものを美しく拾い上げる」と歌い上げた「待望の第2随想集」だそうだ。

「あとがき」には、〈冬と春のせめぎ合いが続く日々、息をひそめていた庭の苔《こけ》も、二月の陽光をうけて露を宿し、近づく春の足音を感じます。『大阪駅10番線ホーム』を上梓《じょうし》してから早六年、書きためた原稿を前に、いま一冊にまとめなければと思い立ったのは、昨年の初冬の頃でした〉とあった。

三武さんが師事して指導を仰いでいる山岳エッセイストの増永迪男氏は、この随想集を読んで、何の変哲もない日々の繰り返しの「日常」、日が昇り、日が沈んで時が流れる「日常」という言葉を思い浮かべたとしながら「その日常のなかから、突然、立ち現れるものを三武さんは拾いあげる」と評価する。

つまり、「日常」の中から現れたものを定着させたのが、この随想集ということになるだろうか。ページをめくると、平成二十二年から始まって、一年につき八本から十数本のエッセーが選ばれ、今年に入っての四本で結び。最後が著書の題にもなっている「カリラヤの風に吹かれて」。ざっと七年間の日記からの抜き書きのようにも取れるが、無論、多趣味、多方面に活躍している三武さんのことだからタダの日記ではない。

「カリラヤ」という聞き慣れない言葉は、平成二十四年の三月八日に三武さんが慰霊巡拝の旅で訪れ、全戦没者追悼式に参加した、フィリピンのマニラ郊外、ラグナ州の都市名だと分かった。天皇皇后両陛下が今年、その地を訪れ、慰霊の白菊の花をたむけられたことからの回想だった。

随想には、私か長く付き合ってきた故・広部英一氏や増永迪男氏の名も出てきて、親しみを感じさせた。全体に平易で読みやすい文体で一気に読了。爽やかな文集だった。

⑬『小説家・瀬戸内寂聴』出版

六月中旬、待望の『小説家・瀬戸内寂聴』の初版本が東京の出版社、鳥影社からわが家に届いた。

昼すぎ、ベッドに寝転んでテレビを見ていたら、勝手口のブザーが鳴らされた。同居する家人は庭に出ていたので、私か勝手口に出て行くと、宅配便の業者が大きな包みをドサッと置いていった。

それが、待ちに待っていた『小説家・瀬戸内寂聴』の本だったのである。早速、包みを解いて本を取り出してみた。

私にとって単行本は十五冊目となるが、それでも、やはり初版本を手にして、ページをめくるのはわくわくする。

文学仲間の一人から「時間の止まった文学青年」とちゃかされることを喜ぶような「オメデタイ人間」なのだが、それで行くと、二十三歳ぐらいで「時間が止まってしまった」ようだ。

八十四歳になるこの老爺はいまだに、中原中也や石川啄木、金子みすゞの詩を読むと、ホロリとしてしまうのである。何故だろうと考えると、どうやら情感や感性は二十三歳辺りで止まってしまったのかもしれない。

くだんの『小説家・瀬戸内寂聴』だが、これは全国的な同人誌「文学復興」と県内の同人誌「日本海作家」に収録したものを一本にまとめたものだ。

第一章の「小説家・瀬戸内寂聴――『死に支度』に触発されて」に始まって、第五章の「瀬戸内晴美『夏の終り』から『場処』への道」まで、全五章にわたって、小説家・瀬戸内寂聴の作品を解題して、創作の背景にある瀬戸内寂聴像を探ったつもりだ。

その時々の、私自身の関心・情念で書いているから、「前はこう書いていたのに、今度はこうなっている」と、読者に批判されるのは承知の上で、私は駄文をつづったのである。とにもかくにも『小説家・瀬戸内寂聴』を出版できたことで、一仕事を済ませたという気分である。

⑭　川上明日夫さんの詩集『灰家』

県内の詩人・川上明日夫さんから新しい詩集『灰家』が届いた。これで十四冊目の詩集である。

川上さんは、一九六八（昭和四十三）年に北荘文庫から出版した『哀が鮫《さめ》のように』を皮切りに、『彼我考』、『月見草を染めて』、中日詩賞を受賞した『蜻蛉座《かげろう》』など、次々に詩集を発刊してきた。

私は、文学の中でも詩という部門は不得手で、中でも現代詩は全く分からない。石川啄木、中原中也、金子みすゞぐらいは書棚に並んでいるものの、言葉遊び的な現代詩は全くといってよいほど理解できない。

親友だった詩人の広部英一君が存命なら、彼に教えを乞うのだが、今となってはそれもかなわない。

「灰家」の目次には、「灰霊」「灰墓」「灰売り」「灰人」「灰岸」「灰景」などの作品名が並び、いずれも「灰――」と「灰」が付いているのだが、この「灰」とは一体何なのだろう。ちなみに最初の一編「灰霊」は、

みえる灰　みえない灰
生も　死も　塵も
手心の　風を吹いていく
灰
雨のはざまを

ひらひら　ひらひら
きょうも
蜻蛉と　ただよっている
お盆もすぎ
そろそろ
お還しにいくころだがと
死んだふりの
魂にふける　灰（後略）

と続くと、何か分かったような気がした。この「灰」は死者を焼いた灰なのだ。つまりは、生きる者はいつか「灰」になるということであるらしい。

現代詩の分かりにくさについては、これまで何度も言及してきた。大岡信、三木卓、田村隆一の各氏らの詩人と少しは〝つきあい〟があった。

私が関わってきた「高見順賞」は現代詩の賞なので、これらの詩人たちとも北鎌倉の高見家や浅草にあるゆかりの飲み屋「染太郎」などでの雑談会で話をしたことがある。しかし、詩の作品についての話ではなく、解説的な詩論の方にひかれた。

今年の七月十七日に営まれた第三十二回荒磯忌では、高見順賞受賞詩人の阿部日奈子さんと雑談をした。現代詩は不得手でも、どういうものか詩人との雑談は好きなのである。

① 高見順の周辺

荒磯忌

今年も「荒磯忌」は暑かった。毎年、高見順の命日近くに行われる「荒磯忌」は真夏の日盛りなのである。

福井県三国町米ヶ脇——というよりも天下の名勝東尋坊へ通じる荒磯遊歩道の起点というか入口をちょっと入った所の、小松林に囲まれた崖っ縁の、日本海を見下ろす風光のいい所に「高見順文学碑」は建っている。

八月十七日の命日の近くの日曜日、午後二時から行われる「荒磯忌」は、一年中で一番暑い日の日盛りなのである。

碑文は、ご承知のように、詩集『死の淵より』の中の「荒磯」が選ばれている。

おれは荒磯の生れなのだ
おれが生れた冬の朝
黒い日本海ははげしく荒れていたのだ
怒濤に雪が横なぐりに吹きつけていたのだ

おれが死ぬときもきつと
どどんどどんととどろく波音が
おれの誕生のときと同じように
おれの枕もとを訪れてくれるのだ

碑の裏面には、川端康成の自筆で、

作家高見順（明治四十年二月生――昭和四十年八月没）は詩集「死の淵より」の／「荒磯」にも生誕地この／三国町を歌つたここに／地元友人知巳ら文学碑／を建て高見の自筆に／もとづいてその詩を刻み／永く記念する

昭和四十二年五月　川端康成

とあって荒磯遊歩道とは、この碑文から町の観光課あたりがつけたものである。

ちなみに昨年の「高見順をしのぶ　第十回　荒磯忌」の案内をみると、平成六年七月十七日に行われており、荒磯忌式次第には、

とき　午後二時――三時
ところ　荒磯遊歩道高見順文学碑前
開会、献花、詩の朗読、会長あいさつ
来賓ごあいさつ
高見順を語る　半藤一利氏
高見夫人謝辞　川島かほるさんが代理
閉会――

とあって、続いて午後三時からは高見家の菩提寺・円蔵寺で法要を営み、墓参で荒磯忌の方は一応終る。

ひと息き入れて午後四時半から六時までの一時間半は会場を三国町立図書館ホールに移し

て、一般聴衆も交へてゲスト講師・半藤一利先生の記念講演会が催されたのである。

ここで簡単に「荒磯忌」の〝こしかた〟を記しておく。

高見順の会の歩み――によると、

〈昭和文壇にその名を残し、昭和四十年八月十七日、齢五十八歳にして他界した高見順をしのび、その業績を讃え、その文学を顕彰しようと没後二十年を期として坂本政親氏、坂本満津夫氏、広部英一氏などが中心となって会の発足が呼びかけられた〉

以下、会の発足から荒磯忌開催までの経過である。

昭和六十年二月二十三日に三国町の龍翔館で準備会がもたれ、秋には「高見順没後二十年記念展」が龍翔館の特別展として開かれた。また、その年の夏には、神奈川近代文学館主催の「高見順展」を見学もしたりしている。

第一回荒磯忌は昭和六十年六月十六日に行われた。文学碑建立の前後、経緯について三国町在住の大森杏雨氏が話した。

第二回からは高見順ゆかりの人たちをゲスト講師として迎えることになった。

第二回　大久保房男氏、紅野敏郎氏、詩の朗読　上林猷夫氏
第三回　澁川驍氏
第四回　中島和夫氏
第五回　奥野健男氏
第六回　紅野敏郎氏
第七回　ゲスト講師なし、高見夫人も欠席
第八回　上田正行氏
第九回　三木卓氏
第十回　半藤一利氏

こうして「高見順の会の歩み」を記していると、様々な思いが頭の中を馳けめぐってくる。文学碑建立に実質的に大きな力を貸してくれた国会議員で、熊谷組オーナーだった熊谷太三郎氏が亡くなられ、日暦同人として高見順世代の同伴者。澁川驍氏も逝き、また昨夏には高見順文学の資料収集に情熱をもやした青山毅氏も逝った。

①　高見順の周辺

昭和四十二年五月の高見順文学碑除幕式には、川端康成、伊藤整、今日出海、巌谷大四、中村真一郎、中野重治などが出席されたが、川端、伊藤、今、中野逝き、高見順没後はや

二十年を迎えようとしている。

白樺派の影響

高見文学を解く鍵として、左翼崩れ、出生の秘密、コキューの嘆き——という三つが平野謙によって定義され、いわゆる平野公式として定説化されて、それを越えることが出来ずに今までの高見順論・高見順研究は、おおむねこの観点から論じられてきた。「群像」の新人賞佳作で文壇デビューした磯田光一の『挫折者の夢』などは、その典形的なものである。

しかし私は、高見順の文学と人生は、白樺派の影響を色濃く受けた人道主義・ヒューマニズムを基底にしたストイシズム——が高見文学の本質である、と、深く思いいたしている。

高見順を少しく読み進み、日記とか、高見順展などに展示された遺品・資料などをみると、小学校では六年間全校一の成績優等品行方正な学童として表彰され、ごほうびに『大言海』を贈られており、府立一中を卒業する際には川田校長の推薦で篤志家より個人的な育英資金を受けることになり、これは一高、東大を卒業するまでの六年間続いた——と年譜にもある。これは、〝なまなか〟の秀才ではなく〝群を抜いた〟秀才だったことの証明であろう。

同時に、小学生当時の「帳面」や夏休みの「絵日記」の殆んどが母古代さんの手によって保存されているのをみても、高見順の少年時代からの優秀さと、母古代さんの育て方、ひとり息子に賭ける期待の大きさが、息苦しくなるほどに強く伝わっている。

母の期待に応《こた》うべく親孝行で成績優秀な高見少年は、年譜によると、〈大正八年十三歳で東京府立第一中学校に入学。同期に柴生田稔、長沼弘毅らがおり、「白樺」派のヒューマニズムに強く心をひかれ、回覧雑誌を作ったり、校友会雑誌の編集にたずさわる〉――とあってこの白樺派の人道主義が、母親孝行と相俟って、高見順の文学と人生に、終生抜き難く尾を引いているのである。

一高時代の、村山知義など「新帰朝者」の影響によるダダイズム、大学時代のマルキシズムと、「文芸交錯」「大学左派」「時代文化」「集団」などを経て「日暦」に至る同人雑誌時代の徴妙に変幻する思想は、高見順の文業の総体からみれば、鋭敏な感性をもった高見順が、昭和時代の最先端の流行の衣裳を、次々と着替えていったに過ぎないのである。

終生、着替えることが出来なかったのは、母の立場への思いやりによる親孝行と、中学生時代に白樺派から受けた人道主義の思想だけだったのである。

出世作とされる『故旧忘れ得べき』の主人公小関は、左翼くずれの小心翼々たるサラリーマンとして描かれている。

〈そろそろ頭髪《かみ》をからねばならぬと思いついてから半月経ち、かうボサボサになってはどうしても今夜こそはと固い決心をしてからでも、なお三日ばかり経って漸くのことで、躑躅《つつじ》の盆栽を沢山並べたその理髪店の敷居を小関はまたぎ得た〉

それからドギマギしたり、けつまづいたり、赤面したりしたあげく、散髪代が惜しくて髪が伸びてしまったのではないこと、つまりケチと思われたくないためにチップを出して、出すと同時に心の内部ではもったいないと思ったり——ウジウジした主人公小関の内面を、くだくだと書き連らねるのであるが、ここでは饒舌体と名付けられた文体論はさておき、小関の人間性についてみると、意外にも芯が強く、誠実で、ストイックな精神の持主として描かれているのである。

これは高見文学の作中人物に、一貫して底流にあるもので、最晩年の『いやな感じ』のテロリストの俺（四郎）にも清冽に流れている。

文庫本で六〇〇頁余もある大長編小説を要約することもできぬので、「第一章　その一魔窟の女」——での、主人公・俺と魔窟の女・クララとの出会いの場面。

〈「お願いします」とクララは恥しそうに言った。その口もとは俺の好きな受け口だった。いよいよ、いけねえと俺はどぎまぎした。相手は淫売なんだと思っても、このクララには、俺のなかの純情を急に目ざめさせるものがあった。つまり、これがひと目惚れという奴か〉

——一人称の饒舌体で俺の側から自嘲気味に描かれているが、これが高見文学の持質なのである。ストイックな内面を自嘲で隠そうとする。

角川文庫版の解説で秋山駿は、

〈「いやな感じ」は、高見順が心中するように生きようとした昭和という時代の精髄、二・二六事件あたりを中軸とする戦争直前の激動の一時期を、主人公である若いテロリストの内面の行動と共に、また、この内面の動きと鼓動を伝え合う現実的な細部を、全体的な像としても、捉えて、描き出そうとしたものである〉

と述べており、全体として思想的にとり出せばその通りなのであるが、主人公・俺の人間への愛、他者への愛、例えそれが魔窟の淫売女であろうとも、いや、淫売女であればこそ、「俺のなかの純情を急に目ざめさせる」ものがあって、そういう細部での作中人物の心の動きが、テロリストを主人公にした長編小説の読後に「いやな感じ」を与えず、清冽なさわやかな印象を残すのである。

ついでながら、私は文学作品を読むとき、描かれている時代や思想を読むよりも、描かれた主人公を中心に作中人物、つまり人間によりそって読む、ミーハー的読者なのである。

ロマンス小説

このストイシズムは、中村真一郎氏のいう「ロマンス小説」に於いては、もっと解りやすい形で描かれている。

中村真一郎氏は、県立神奈川近代文学館に於ける「没後二十年・高見順展」の企画・構想の中で〈高見氏の小説の三傾向、私小説、ロマンス、前衛小説という分類には、晩年の氏の小説観が強く影を落しているのである〉として高見文学の中でのロマンス小説、つまり中間小説といわれる作品群に重きをおいている。

私も、文芸評論家などが論じようとしないロマンス小説に注目している者のひとりである。『如何なる星の下に』『草のいのちを』『今ひとたびの』『胸より胸に』『朝の波紋』『甘い土』『都に夜のある如く』『遠い窓』『愛が扉をたたく時』——他、諸々のロマンス小説の主人公に作者高見順の人間性というか、生き方が解りやすい形で投影されており、垣間見えてくる。

作中人物の、一つ一つに分け入って論じるつもりはないが、これらのロマンス小説の作中人物に共通しているのは「精神的人間」であり、ストイックに生きているという一点である。〈女の心が僕には分らない。いや、女というものが、僕には分らなくなった〉と嘆く青年を慰める中年。青年男女と中年男女をオーヴァーラップさせながら描いた『胸より胸に』。また『都に夜のある如く』の冒頭。インテリ中年が二人、都会の街角で赤信号を待ちながら交す会話は〈不謹慎かも知れぬが、だから、うっかり、女がだませない〉という結論が先に出て、中年男のはかない女性願望が語られるのである。

これらの作品の作中人物が、精神的人間であることは、他者に対して労りの気持があり、従って自分に対しては非常にストイックであるということで、それがあるから高見順のロマンス小説は、プラトニックラブに終るのが多いのである。

その典型は『今ひとたびの』のヒロイン暁子と私で〈またしても、ここへ私は来た〉とリフレインの如く繰り返される主人公たちのデートの場所は銀座四丁目の角である。〈四時十分ね。日曜日の四時十分……〉約束したその場所へ私は行けない。一度目は左翼弾圧で官憲に逮捕され、二度目は赤紙召集で戦地行き。そして最後は戦後の焼跡で、私と暁子が、やっと会へる直前、主人公「私」の眼前で自動車事故で死去。——作中に主人公の「私」が支那を転戦中に巨大な堰堤の水門から水が落ちる場面が描かれており、「この世のものとも思えぬ動きと音であった。清爽にして悽愴であった。それはまことに偉大な孤独の情熱であった」——というシーンがあるが、それは、暁子と私の、最後まで結ばれることのなかったプラトニックラブの結末とも照応して、読後に清冽な印象を残すのである。

巻貝の奥には

平林たい子は『自伝的交友録・実感的作家論』の中で、高見順を論じ〈厚着の高見さんなのか裸の高見さんなのか解らない〉という意味のことを述べているが、その時、私はすかさず「厚着に決っているじゃないか」との視点から、自分の編集する雑誌の余った頁に書いた記憶がある。

高見順はその出発当初「人の世」とか「私生児」とかの、いわゆる出生の秘密にまつわる私小説を発表したが〈そのとき、母は因果な子を身籠《ごも》ったのである〉と言うふうな書き方をして、母と、母に私生児を身籠《ごも》らせた男、時の福井県知事坂本釤之助のことは少しも描いていないのである。

母の内面や、父である知事の気持ちを、私小説作家なら当然分け入って描くべき所を〈因果な子を身籠《ごも》った〉と、たった一行で逃げてしまったのである。高見順の出生にまつわる「私小説」で一番ずるいのは、終始、身籠らせた知事は加害者で、母は被害者という視点から描いたことである。

明治四十年のその頃、内務官僚のチャキチャキであった福井県知事・坂本釤之助に見染められて知事の子を宿した二十八歳のお針っ子の心の動きはどうであったか。肝心な母の内面を描かずに『わが胸の底のここには』では、言ひがたき秘めごとすめり——と逃げてしまったから、私小説としての厳しさに欠け、自分勝手な、一方的な告白小説になってしまったのである。

これは、文学を離れて、実話に近いゴシップ的な話であるが、高見順の母。高間古代さんはその頃二十八歳位。三国の娘たちにお針を教えたり、商家の晴れ着を仕立てたりして母(コト)と自分(古代)の生計をたてていた。

美しいハイミスの古代さんと南画家山田介堂との関係も云々されているが、山田介堂は長田雲堂・内海吉堂と共に越前の三堂として明治四十年のその頃、当地では有名人であったといわれる。その山田介堂は坂本釤之助知事の招宴で、巻物に、料亭の三階からの風景を描き、続けて釤之助知事が自作の漢詩を即興でつけるという遊びをしている。その現物を私は、料亭の女将に見せてもらったことがある。高間古代さんと坂本釤之助知事。山田介堂の三角関係は土地の古老のあいだでは事実として語られている。

① 高見順の周辺

二十八歳の大年増美人には絵書きの恋人がいる。町の有志からの貢ぎ物としての女に手をつけて妊娠したからといわれても、にわかには信じられず、二十年近く後の兵隊検査の時に、ようやく認知したのも、殿様的身分の当時の男の側からすれば、当然の扱いかも知れぬのである。

母古代さんが、知事の子を身籠ったことでこの子を本家の子に負けない立派な男に育てよう——という女の意地が働いたとしても不思議ではない。それを高見順は、作品の中で、山の手のお屋敷の近くにある崖下の陋屋《ろうおく》との対比に於いて「まるで新派悲劇のような」と茶化して逃げてしまったのである。つまり母も父も描かなかったのである。

ここに白樺派の影響を強く受け跳り親孝行な息子・高間芳雄と、私小説家・高見順との越え難い乖離《かいり》があり、厚着の高見順が現出するのである。

他人にふれてほしくない、否、自分自身すら目をつぶりたい奥深い内面の傷あと。それを他人の目から隠すために、見せてもいい程度の傷あとを自分の方から晒し物にする。高見順の私小説系の作品の弱さは、この一点に起因するものと、私は思う。

詩集『死の淵より』の中に「巻貝の奥深く」という作品がある。

〈巻貝の白い螺旋《らせん》形の内部の　つやつや光ったすべすべしたひやっこい奥深くに　ヤドカ

リのようにもぐりこんで　じっと寝ていたい　誰が訪ねてきても蓋《ふた》をあけないで眠りつづけ　こっそり真珠を抱いて　できたらそのまままちぢこまって死にたい　蓋をきつくしめて奥に真珠が隠されていることを誰にも知らせないで〉

北鎌倉にて

このところ北鎌倉の高見家を二十年余に亘って訪ねている。昭和四十七年六月二十八日から七月十八日までの約二十日間、福井県立岡島美術記念館に於いて「高見順文学展」を開催したころから、高見家木戸御免になり、東慶寺の墓参り、回忌の法要、高見順賞のパーティ、などに毎回出席している間に、私の中で妙なことが起った。それは作家・高見順が人間・高見さんに変ったことである。

高見家で夫人の話を聞いたり、夫人が誰彼と電話で話すのを側で聞いたりしているうちに、田舎の元文学青年は妙な気分になった。それまでは中村真一郎の何々、吉行淳之介、平野謙、本多秋五、川端康成、井上靖――の作品はどうのこうのと聞いた風なことを友人と話したりしていた自分のそばに、雑誌のグラビアかテレビでしか顔を見たことのない作家、評論家が、生身の人間として、そこに居るのである。歴史上の人物の好悪を論ずる同じ地平で、作品の好き嫌いをあげつらっている当の本人が、めしを喰い、酒を飲み、談笑してそこに生身の人間として息づいているとなると、当方にとってはこれは大変なことなのである。中村真一郎が中村さんになり、吉行さん、平野さん、本多さんになって、書かれたものだけから受ける「抽象化された作家」ではなく、遠くから仰ぎ見る存在であった作家が、同じ地平の人間として見えてしまうのである。

つい最近も、半藤一利氏を荒磯忌のゲスト講師に招いた雑談の折、夏目漱石の話になって、「夏目漱石は、ソーセキの草枕は」とやって、ああ、この人の夫人は漱石の孫娘であるからして、半藤氏にとっては家人の祖父なのだと気付いて、当方にとっては文学史上の人物が、急に身近になるのである。

昨秋も、北鎌倉の高見家を訪ねて、夫人と川島かほるさんと三人で、東慶寺の高見順の墓に参ってきた。「つれづれ日記」にメモを記す墓参者が多く、誰が参ったのか、小瓶のウィスキーと煙草が供えられており、自宅から移植したと聞く白い百日紅が咲いていた。三人で墓掃除をして、暮色の中、東慶寺の急な石段を降りた。

「樹木」十三号（一九九五年三月十七日発行）掲載

②　多田裕計・文業の総体

多田裕計の文業の中から一点を選ぶとすれば、やっぱり『長江デルタ』になる。『長江デルタ』は、昭和十六年七月の、第十三回芥川賞に選ばれた多田裕計の処女作であると同時に、作家として世に出た作品だからでもある。

この作品は、世界大戦直前の支那（現中国）の国際都市。上海を舞台にして、そこに生きる青年の心情を、現地青年たちとの話し合い、絡み合いに於いて描いた作品で、時局受けもあって、芥川賞に選ばれた。

その時の選評は、座談会形式になっていて委員の一人である室生犀星が〈「長江デルタ」は書生演説みたいな処のある文章だ〉と言うのに対して横光利一は〈これだけの会話のできない者はこれからの支那の中心に飛込むことが出来ないということを、――示しているような気がする〉と言い、続けて、

〈この「長江デルタ」なんてものは、みんなに読ませれば、もっと僕は考える所が出て来

るだろうと思う。支那の青年なんかに読ませれば、日支の提携というような点で実に貢献する所があるだろうと思う。

やっぱりこれは身を実地に当ててやっていなければこんなものは書けないですからね。取扱った問題が非常にむずかしいのだから、このくらいのまずさは誰しも出ると思う。重慶政府の方の青年に読ましたら面白いと思う〉

と、口を極めてホメ、結局、当選ということになった。

上海事変、支那事変の最中で、その年の十二月八日には「大東亜戦争」に突入する戦時体制の時局小説として評価されたのである。

このことについては本人も認めており、戦後も大分経ってから、私との雑談の折に「芥川賞は、できれば戦後にもらいたかった」ともらしていた。

それを親友の広部英一（詩人）に告げると「うん、そうだろうな。その気持はよく解る」と言った。今から、三十年余も前のことである。

多田裕計の戦後は、生き埋め同然。国策文学者として完全に黙殺され、作品発表の場は与えられなかった。

そこで多田裕計は、俳句の方に活路を求めて、俳誌「れもん」を主宰する。

風花や　公達めける　蟹の色

は新感覚派の横光利一に師事した多田裕計の秀句だと思うが、それでも思いは小説にあった。

最晩年には「文學界」に「幼年絵葉書」「城下少年譜」「母の芍薬」の自伝三部作を、昭和五十一年、五十二年、五十三年と一年毎に発表するが、文壇への返り咲きはならなかった。その時、私への手紙には〈今度書いた作品（幼年絵葉書のこと）は、養浩館、お泉水の森を描いていますが、小生の幼少体験のホームグランド。文体その他お気付きの点があったら、遠慮なき御批判を頂きたい〉とあって、小説家多田裕計の熱い血がたぎっていた。

自伝三部作で描いたのは、都会に出て大成した画家の主人公が、故郷の文化講演に招かれて出席する話を軸に、幼少時代の回顧が描かれるだけで、画家を作家に変えると多田裕計自身の自慢話と受け取られてしまう。そこには自己剔抉は全くないのである。

俳人としての多田裕計は『小説・芭蕉』を書いたり俳誌「れもん」の主宰者として地位を築いた。

②　多田裕計・文業の総体

昭和五十五年七月六日。六十八歳で逝去の時には、「俳句」十月号（角川書店発行）では、追悼特集を組み、鈴木幸夫、八木義徳、辻亮一、清水基吉、眞鍋和子、池原錬昌、松田裕美の諸氏が執筆している。
私は、多田裕計氏とは妙に気が合って、来福の折には必ず私の事務所に顔を出し、その夜は、料亭で夜ふけまで雑談を交したものである。

「季刊文科」四十九号（二〇一〇年八月十六日発行）掲載

あとがき

これで十七冊目の単行本である。

売れたのは、一冊も無い。

全部、初版どまりである。

最初の『高見順論』（平成十四年、初版二〇〇〇部、印税三〇万円、定価一五〇〇円）を東京新聞出版局が出してくれた時がはじまりで、その後の本たちも、それを越えたことは、一度も無い。

ローカル文士の仕事ぶりは、あわれなものである。暮らしは年金で成りたっている。

登山、スキー、海外旅行——などの趣味もないので、暇さえあれば本を読んでいる。

六十五歳で現役引退するまでは「買書」の方だったが、引退後は「書く方」に変った。

蔵書の山の中に住んでいれば、そのうち書きたくなるものである。

好きな作家の「作家論」から「作品論」、「その時代考証」——書きたいことは、いくらでもある。

と、いうよりも「読書と執筆」、それしかやることが無いのである。

さきに、「登山、スキー、海外旅行」と書いたが、マージャン、パチンコ、釣り、飲酒なども やらない。

現役時代は、夜遊びに明け暮れ、女は好きだったが酒は好きではない。飲めないのである。

何を書こうとしているのか、「随時随感」の「あとがき」なのだから、もっと高級？ なことでも書くべきなのだろうが、人間が下ヒンに出来ているので、こうなってしまった。

とにかく「文芸復興」がのせてくれたのを、一冊にまとめることにしたら、こうなってしまったのである。

「文芸復興」の堀江朋子氏に感謝の意を表して、終りにしよう。

〈著者紹介〉

坂本満津夫（さかもと　まつお）

昭和6（1931）年　栃木県生まれ
日本文藝家協会会員
「文芸復興」同人
福井市在住
著書『涼風熱思――断片的作家論』（昭和54年　創樹社）
『高見順論――魂の粉飾決算』（平成14年　東京新聞出版局）
『文士・高見順』（平成15年　おうふう）
『小説家・津村節子』（平成15年　おうふう）
『高見順の「昭和」』（平成18年　鳥影社）
『高見順の「青春」』（平成20年　鳥影社）
『女流作家が描く女の性』（平成20年　渓声出版）
『わが心の文士たち』（平成22年　渓声出版）
『私小説の「嘘」を読む』（平成22年　鳥影社）
『評伝・高見順』（平成23年　鳥影社）
『昭和文学の「赤と黒」』（平成24年　鳥影社）
『好きな作家・好きな作品50選』（平成25年2月　鳥影社）
『私から私への手紙105章』（平成25年10月　鳥影社）
『昭和文学の傷痕』（平成26年9月　鳥影社）
『小説家・瀬戸内寂聴』（平成28年6月　鳥影社）

随時随感
―勝手気儘なひとりごと

定価（本体1500円+税）

乱丁・落丁はお取り替えします。

2018年2月 3日初版第1刷印刷
2018年2月15日初版第1刷発行
著　者　坂本満津夫
発行者　百瀬精一
発行所　鳥影社 (www.choeisha.com)
〒160-0023 東京都新宿区西新宿3-5-12トーカン新宿7F
電話 03-5948-6470 FAX 03-5948-6471
〒392-0012 長野県諏訪市四賀229-1(本社・編集室)
電話 0266-53-2903 FAX 0266-58-6771
印刷・製本　シナノ印刷

ISBN978-4-86265-659-9 C0095